計程車司機

Taxi driver

駱以軍

目　次

啟　程——小黃轉運站

剛好遇見你 010
爛好人 014
牡羊座的 016
快樂計程車 021
自由 027
鐵齒 030
蘋果樹 034
鬼故事 036
剝皮 040
銅板 042
較勁 044
一模一樣的路線 046
駱駝 049
紅燈 052
非常小的一件事 054
猩猩相惜 056
觀石錄 058
一路平安 062
列車行進間 066

地球航廈——享石天堂

搶標 070
張發田 075
垃圾桶 079
禪師的聖杯 083
天才雕刻師 085
很久以後 089
退款申請 092
正能量 095
小書店 100
潤物細無聲 103
美麗的事 106
不存在的紙杯 108
我們應該更好一點 110
鐲子 113
詐騙 117
最美的一句話 121
小小的情意 123
母親的海 126
止痛丹 129
安靜的自轉者 132

宇宙航班——環戊烷銀河

小毛驢 138
打拳 140
不在家 142
Dear John 144
壞人 147
青春尾巴 151
挖跪 154
才華 156
大耳蕈 159
邪魔歪道 161
模範 163
上輩子 164
壞學生理論 165
奶奶疼孫 167
社團 169
風簷展書讀 171
晴天娃娃 174
擺攤 176
討拍 178
談判 180
採訪 182
奶奶的家書 184

伴君如伴虎 188
環戊烷 191
跟爺爺說 193
臭屁屁 195
吹犀牛 197
質問 198
家教老師 199
太史公 202
多年以後 204
鉛球 207
優良楷模 208
安靜 210
敲木魚 213
虛構 215
小几子 218
那麼爽的人生 220

中繼點——耍廢大街

瓦斯爐甲賽 224
兩津堪吉 228
稽稽稽 231
一百歲 235
回診 237

OS 239
愛瑪仕 241
廣告叉叉 243
金魚 245
椅子屠夫 248
阿魔 251
神鬼認證 254
坐著睡覺 258
從失敗中學習的事 260
開鎖 266
博愛座 270
怪阿伯 273
開直播 276
蜘蛛的頭獎 277
辣醒 278
王八之歌 279
K 歌之王 281
泳褲黑洞 283
迷糊 285
好久沒來了 288
食糞者 291
第三次 293
替角 295

班對 297
靈感噴發 298
榴槤 300
麝香貓 302

異世界——端牡雷星球

蝸牛 306
逆襲 308
黑狗 312
忍 314
小黑貓 317
思慕 319
寵愛 321
小狗盟 325
後代 328
哥哥呢 331
黑澤明 333
挖洞 336
羅胖說 338
道別 341
捍衛任務 343
拯救地球 346

小黃轉運站

剛好遇見你

有一次颱風（前兩年）
我跑去按摩
進按摩店時風雨還好
等按完兩個小時出來
那個水像從天上灌下來
那個風吹得我這胖子都倒退著走
最可怕是馬路上沒有半台計程車
我的傘當然爛成一坨
還好超商有開
我進去買了像垃圾袋的透明雨衣
我想老子跟這狂風暴雨拚了
就走回去吧
事實上那時你走在人行磚上
就像在踏著暴漲的湍溪
水流超猛的
周邊雨陣，整個銀灰色遮蔽的雨幕
根本像在游泳要張大嘴換氣啊
那個風把身旁的樹都壓彎了
停路邊的汽車警報器亂響
我想我也是白癡

這種強烈颱風，哪個運匠會開車出來冒險啦
我雨衣裡面的衣褲、揹的書包，全濕透了
我必須大聲唱一些雄壯的歌
替自己打氣
別被那抓狂的旋風給吹散架了
我大約從忠孝東路華山那邊
走到新生南路信義路口
所有的店家都拉上鐵門
感覺天地之怒
只有我一人在這宇宙巨大洗衣機裡嗎？
這時突然後方一輛計程車在叭我
喔，天啊
那感覺就像在怒浪中溺水
竟然有人駕救生艇來撈你
真想哭喊「恩人！！！！！」
我上車狼狽不已
一直道謝
事實上我連皮夾裡的鈔票都泡濕了
這是一輛很爛的計程車
應該要淘汰的那種開起來車體一直抖的爛車
但我一直謝謝他載我
他車內竟放著古典樂
而擋風玻璃那雨刷像瘋子亂搖頭
水還是像瀑布灌下

我們眼前一片銀光的世界
我問他這樣的天怎麼會出來跑計程車？
他是個老人
開車開得非常慢
好像有耳背
講話超大聲
他說「啊？有颱風啊？我都不知道啊。難怪從松山開過來，怎麼一輛車都沒啦，載不到客人啊
我想怪怪這個雷陣雨怎麼下得天昏地暗啊
唉呀還好載到你這個客人啊」
什麼？？？
我們是颱風天裡相遇的
最孤獨的兩個人
我第一次遇到不知颱風警報在路上招客的計程車啊
今天很奇妙的
我又搭了這台計程車
老司機不記得我了
但他車內的窄小破爛
以及颱風天特有的，我說不出的氣氛或街景或氣壓
我立刻記憶召回
雖然車窗外已是颱風過境
一片陽光燦爛
太奇妙了
這是輛「颱風天才出現的計程車」嗎？

而且神蹟般只屬於我？
且小小舊車廂裡放著華格納
（我是古典樂白癡，但竟認得這首是華格納）
他不知我內心對他的車
充滿懷念或不知人世之巧遇有多美好的情感
還一直以阿公的謙卑謝謝我
謝謝我不挑車，搭他的車
「現在開計程車糾拍賺啊」
我多想請他關了那讓氣氛更緊張的華格納
讓我現唱一首最近苦練的
〈剛好遇見你〉啊
我們應該相擁一下啊

爛好人

今天站在和平東路馬路邊
夏末日光如灑金
車潮皆在溶金中
我舉起手招計程車
逆光
遠遠看到兩輛有空車牌的
似乎要搶我這客人
互相加速尬車
我也稍往慢車道靠
手仍然舉著
但這時一台摩托車
突然就蹩過來
我想他要停車嗎
就後退讓開
但他就煞車停我面前
我很困惑瞪著他
那兩輛搶客的計程車氣唬唬催油門開走
這人把安全帽拿下
然後很不好意思的說
「啊，拍謝

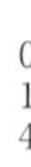

我看到你招手
以為你在叫我停
有事要我幫忙啊」
媽的
不然你當「計程摩托車」載我去我要去的地方啊
然後他又好像想了個點子
讓自己不會尷尬
他問我
「先生，請問師大在這附近嗎？」
我後來想
這人其實跟我很像
是所謂的爛好人吧
連出糗之後的脫逃術都跟我很像啊
我年輕的時候
很常為自己容易莽撞出糗，內心痛苦
但有位長輩對我說
「這種多出來的好心
是種柔軟珍貴的天賦啊
人類能不被冷漠吞噬
正是因為有這種多出來的熱心腸啊」

牡羊座的

搭到一台計程車
運匠跟我說
這兩天真冷啊
早上五點半要爬起來
六點一定要出門
真是痛苦到不行
我奇怪的問
你自己開計程車
自己是這整件事的老闆
為何要那麼早？
不是可以彈性，天冷睡到七八點吧
他說，不
他就是從決定開計程車那天
就決心要按表操課
這是評估過後的
六點出門

一定會載到一些早晨的客人
那時也好開
然後是送小孩上學的
上班的

但慢慢道路比較堵
他一定這樣開到十點
一定讓自己儘量把車開到101那邊排班
十一點時
不論被之前客人叫載去哪一帶
也一定朝這邊過來
到國泰醫院排班
十二點半
一定到東區那個什麼什麼大樓斜對面
吃買好的便當
然後睡個午覺
他在台北市的東西南北各區
都設定好固定的自助餐店
是他確定較乾淨，且菜色多，可以多拿蔬菜
且價格不貴的
然後之後幾點到哪裡
幾點一定又到哪個點
（對不起我後來的他的自我排班時刻
和地點
我聽花了
就不太記得了）
然後到晚上七點
無論生意多好
一定收工回家

我聽了嘆為觀止
「你是處女座的吧？」
我問他為何要把自己的開車這件事
弄得那麼嚴謹
他說
「這樣
每天開著車
心才不會渙散
不會跟著不同的這個客人下個客人
要到哪再到哪
愈開愈失去方向
這樣設定好
是不是很像每個時段
我到哪個點
都可以下錨的感覺
反而內心很安穩
而且我們開計程車的
很多運匠
後來都得了胃潰瘍
有生意就多開
長期下來作息不正常
健康就壞了」
我聽了頗感動
其實二十年來

我自己寫小說
其實也應該建立這樣的規律和自律啊
但真的好像太順性任性
但我聽處女座說起細節
這個A點到B點如何如何
然後B點到C點如何如何
然後C點還分C1 C2 C3 C4
C4再分 C4紅 C4藍 C4白
我……我……
就會打瞌睡啊
後來我真的在後座睡著了
而且是在一種告訴自己「別睡很不禮貌！」
的掙扎
竟聽見自己的哄哄打呼聲
啊 ，快到家時我驚醒
「對不起對不起！竟然睡著了。」
運匠笑著說
「沒關係
不過
你是牡羊座對不對？」
「你怎麼知道？」
「因為我說這個按表操課
沒有人會聽我說
會打手機或把話題打斷

或很明顯不想聽的樣子
我遇過會很高興佩服我這個設計的客人
很嗨說挖賽這樣超帥的
像小孩睜大眼睛
然後又很安心立刻睡著的
都是牡羊座啊」

快樂計程車

遇到一位快樂的計程車司機
事情是這樣的
我站在馬路邊
對他的車招手
但在他將要開到我身邊時
有另一輛從快車道的車陣
以高超技術甇車衝到我面前
那些機車騎士憤怒的狂按嗶嗶抗議
但只像湍急溪流裡
小魚們雜遝無奈的水花
我和這輛憑技藝相信弱肉強食法則的運匠
非常奇幻那麼近距離對視了十秒吧
然後我對他比出抱歉我是要坐後面那台的手勢
之後我便上到那輛「快樂計程車」上
通常這種計程車司機在馬路討生活
被同業以粗暴方式搶客人
但客人卻固執還是堅持古老人們的信用
（雖然那都只發生在幾秒內的電光石火間）
這些運匠都還會帶著一種
經歷了戲劇性之後的微妙情感壓抑

還不到認你為知己或惺惺相惜
但那有一種台灣人特有
不會表達感情的害羞
車內的氣氛會突然變得很像夜間酒館
這些在馬路上跑車受過各種委屈的男子漢
會打開心扉跟你談些內心話
這是我之前的經驗
但今天坐上這輛小黃
他真是個快樂寶
對之前發生的一點都不以為意
我很快發現他是個以喇賽為樂
自認衰咖的屁仙
（也就是我遇上了千中選一
開計程車的另一個我？）
他很開心告訴我
之前有個阿婆
抱著大包小包的東西
但她攔計程車你知道她怎麼攔嗎？
她伸出一隻腳那樣踢一踢
我怎麼可能知道那是叫車？
就開過她但遇到紅燈停下
這時阿婆拉開車門上了車
說他
「你怎麼那麼白目！」

他很疑惑，我哪裡白目了？
「我在那用腳伸那麼大動作
你也不停下來？」
他說很多客人招計程車
是像叫小狗來你面前趴下的手勢
另一次
則是他在紅燈停下
一個胖女人開了後車門
一腳跨進來另一腳站車外
也不講話
拍拍他肩膀
拿一紙牌
「你要跟我打炮嗎？
要就給我五百元
不要
就請給我一百元。」
他說他就拿一百塊給她
我說「幹，你幹嘛這樣就給她？」
「啊不給她她不下車
我這樣停在路邊怎麼辦？」
後來他開走
從照後鏡看那女人又拉開下一輛計程車的門
「有這種賺錢方式？
那一天說不定可以收入五千喔？」

「還有一次
我在萬華一個老太太上了車
說她來買東西
只剩三百塊
問可不可以載她去淡水？
我看她提著大包小包
去淡水大約五百塊
想算了難道要她再提這麼多
下車去找別輛嗎？
好，我載
結果車到了淡水她家樓下
她拿出一千塊說要我找她七百啦
你說有這種天才啦」

「還有一次
一個年輕人喔
上車後叫我往前開
也不說目的地在哪
跳錶跳了一百多塊喔
他才對我說
他只有五十塊
可以只給我五十塊嗎？
我說那你五十塊怎麼會想搭計程車？

起跳就七十塊吔
好啦那我看他要去哪
應該也快到了吧
沒想到他說你可不可以給我一百塊？
我想吃早餐
我說你跟我要一百塊吃早餐？
我剛剛早餐去喝一碗豆漿十塊三明治十五塊
總共二十五塊
而你要我給你一百塊吃早餐？」

後來他給那孩子五十塊
他自己身上那五十塊不要了
加起來是不是一百塊？
他還載過超多老人家
根本坐上車想不起自己家地址
那怎麼辦呢
台北市繞來繞去
老人說「噢這裡很像很像」
他就車速放很慢
老人突然又宣判
「這裡不是」
他快被氣昏了
同行都教他載到這種老灰仔
說不出地址

就送去警局

但他就是覺得那些老人家

像小孩一樣很害怕你把他丟下

就陪他們找家嘍

後來我要下車的地方到了

我付錢給他時

說

「你是個好人啊」

他露出那真的真是個從內心快樂的人

那種貓咪笑臉

「我，我是個倒楣的人啦」

自由

搭到一輛計程車
運匠是原住民
哈啦時愛說「你們漢人……你們漢人……」
他說現在開計程車太苦啦
他已經準備好了
要回去山上部落
自己種菜，養雞，養豬
空氣那麼好
不用跟你們台北人爭
他說
「像你脾氣看起來很好
但客人不是都這樣啊
一上來就叫我快！快！快！
啊紅燈我有什麼辦法
從後視鏡看他
喔臉色幹的不得了
我一急
也給他快
啊你看我前面就去給他撞到了
台北真的很難過生活啊」

也說起前幾天那三兄弟命案
弟弟開槍射殺兩哥哥
然後自轟
「那麼有錢有什麼用？」
他說他已訂好一個貨櫃
用小車運上山
只要申請一枝電火條仔
那就是一根木頭喔
兩個月只要六百塊
水也是山上的水
颱風來也不怕
就是怕土石流
其實就算是翻倒
人在裡面
有吃的，也不怕
我問他一個貨櫃屋多少錢
他說十多萬吧

又說到處摘野菜
或有山豬來「撞壁」
或有飛鼠肉可吃
他現在已放了四隻豬在那山上
拜託鄰居餵
長大了一頭可以賣一萬塊咧

等他上山了
想辦法弄到十頭
那不是十萬塊咧
是不是比在城裡這樣開計程車舒服
我和他聊得超麻吉的
雖然我只是一直在他說完
他的「回山上之夢」的某個想像
就接口「幹！對啊！」「超爽的！」
後來到了下車處
他竟不收我車資
我當然不肯
他還抄他之後要去生活的那山上的地址給我
（好像在尖石鄉再上去）
要我以後可以去找他
我超嚮往的
覺得我和他
靈魂裡是一樣的人啊
而他已朝自己的自由且魯濱遜式的生活出發
我還有塵世間的責任，還要捱幾年
但這樣陪著他一起說那麼靠近天空的生活
擊掌祝福
我下車之後
連呼吸都變清澈了

鐵齒

今天回永和
搭的計程車運匠是位大姊
很親切的跟我聊天
她先問我帶那麼多水果是回家啊
我說是去看我媽
她當然稱讚了我一番說是孝子
這時我的雷達知道這位大姊的哈拉段數和我同級
我說唉因為今年兩兒子都要大考
現在就我回永和啊
我娘可是很盼孫子啊
她說起現在小孩回南部
她老家那些歐巴桑都抱怨
回來只會說「阿嬤」
阿嬤問「呷霸未？」「呷霸啊」
剩的就全聽不懂
她說「台語真的很重要啊」
然後她突然對我說
「像我老公是外省人
他當年就說
我們的小孩要落地生根

就一定要學會台語」
我說是啊是啊
然後她跟我描述了她訓練她小孩說台語
一些笑話
她說她小孩小時候
說媽媽我要吃水餃
但他不會說台語的水餃
他說「我要吃水龍頭」（台語）
然後她說「你也是外省人吧」
她跟我說起她那個年代
她是台南人
整個村子就兩家外省人
一個超疼老婆，另一個不知哪一省
說話呱啦呱啦她也聽不懂
嗓門很大每天一早就和老婆吵架
她那時很怕外省人
她小時候很皮
不愛穿裙子，穿條短褲出去玩
她母親是很傳統的女性
就罵她
「妳那麼皮不穿裙子將來就嫁給外省仔噢」
（她是用台語學她母親說話）
她說，人生啊，妳愈怕，它就愈會發生
結果我就嫁給外省人啦

她說「我老公是全天下最好的人」
我心想這應有故事吧
為何她在開計程車
她說「但他十幾年前心肌梗塞死了」
我們沉默了許久
我坐後座不知該說什麼
我說「妳很偉大，自己把孩子帶大」
她說「他是讀書人，他總要我多讀書
我沒聽他的話
結果他一走（才五十歲）
我才知道要養家這麼難」
她又說了一次「他是全天下最好的人」
車子在黃昏的車陣行駛
我覺得她說得柔情似水
然後說起她兒子
大學畢業了
然後她突然變成連續劇裡那些婆婆不爽媳婦的臉
跟我發起她兒子的女朋友牢騷
「動不動就尋死尋活，也不懂家事
男人要娶妻是要一個能在後面全心支持你的女人」

我沒想到有一天我會在這種語境中聊天
而且我的腳色怎麼很像那些三姑六婆啊？
我說「唉呀，你兒子他愛就好啦，年輕人嘛」
我又說「其實男生就會喜歡很多心思的女孩吧？」

她這時頂我
「等你再幾年
你孩子交女朋友時你就知道了」
我說
「不會像妳小時候怕嫁外省人後來嫁了外省人？
我將來兩個媳婦都很難惹？
愈鐵齒就愈會遇到？」
她笑得超開心
說來我真的很會逗正在賭爛的人開心
她又跟我發了些她兒子女友的牢騷
我想她老公離世的這十年
這兒子是她和這世界搏鬥的那心頭肉吧
我到了車子過了下車點很長一段
才敢打斷她
說我到了
下車時我祝福她
我又說一次「妳是很了不起的媽媽啊」
她也祝福我
有一瞬我不確定是否看錯
她好像淚眼汪汪
說
「祝福你母親，她有你這個好兒子」

蘋果樹

坐到一台計程車
運匠在儀表板上方放了兩盆小樹
我讚美了他
他非常開心要我看後面也有
前方的是蘋果樹，他用蘋果籽自己種出來的
還有樟樹
後面有銀杏
都原本是大樹
但被他養在這車內小宇宙裡
成了婀娜綠光晃搖的小盆栽
他說在車內養這些小樹
非常不容易
一天要澆七次水
他說一般車要這樣養植物，那夏天一定被曬死的
「真的很不容易喔」
下車後
我眼睛既視感還是那車內細細碎碎的漂亮綠葉
他因為用一種好心情
和認真之心，在他的計程車內養小樹
變成了一個移動的綠光小玻璃培養室的概念

在城市大街小巷穿梭
那麼美麗，自得其樂
我寫信給一個非常努力，也超有才華的創作同伴
但屢受不公平對待
「曾經流動的光焰
曾經孤寂為之拚搏
專注的建築它，那美麗如神在創造世界的好心情
勿忘初衷」

鬼故事

那天從永和母親家離開
搭了一輛計程車
運匠是個文雅的老人
很像小津電影裡的笠智眾
我忘了為何我們聊得很歡樂
我是個很愛聽計程車運匠說故事的人
也從不同計程車運匠那聽過許多光怪陸離的故事
但這位運匠好像是「玫瑰瞳鈴眼」派的
他說
「我啊曾經載一個阿嬤
下非常大的雨
到動物園後面有個山路
那上去什麼都沒有
根本沒有人家
她下車後我從照後鏡看
什麼都沒有」

「還有一次
在民權東路
我看前面路邊一個人跟我招車

我要避開旁邊的機車
靠邊了
欸，人呢？一個影子都沒有
真的這樣講沒什麼
我那時是整個毛孔都豎起來
我還下車回頭看
大白天一個人就變不見
像被蒸發了
後來還去收驚」

「像我們開計程車的
一定都會遇到這種事
有一次從林森北路載一個小姐
她很像喝醉了
她朋友把她推上車
我一個印象就是他們的表情很像對我很抱歉
然後小姐說去內湖
我開了五百塊喔
到內湖成功路那裡
我才停下
她講話也不清楚給了一張一千的
媽咧人就不見了
我還下車找
想是不是太醉了一開車門倒在路邊

什麼都沒有
但看一千塊是新台幣
不是什麼金紙喔
那次我也是去給人家收驚」

「還有一次
是一個阿北
大概晚上九點
去到三芝喔
那再往前開什麼都沒有
整片是墓地欸
我說阿北你是要在這下喔
這是墓仔埔欸
他就真的在那一片黑暗暝裡下車
我回頭飆車喔
還開念佛機喔」

「還有這種客人
一上車就說
運匠，我有陰陽眼
你這車後座坐著一個女人喔
呸呸呸
我被他影響，開空車的時候就老覺得我後面涼涼的」

「最可怕是行車記錄器這種東西
我們回家後看行車記錄器啊
那是認真看真的馬路上都會看到
被車子穿過去的
牽著小孩的女人、老人、白白的影子……」

我坐在後座
愈聽愈毛
想媽的你這運匠也太愛說鬼故事了吧！
這是鬼故事專車嗎？

剝皮

今天回永和老家
計程車要上永福橋前
我看到路邊一個很像串燒的小攤子
上面用牛皮紙箱的一面
用麥克筆寫著
「無皮孔帶」，然後另一面寫著「有洞皮帶」
我發誓我看到那攤車阿北
四周冒著煙
真的是賣串燒的樣子
這畫面從車窗掠去後
我一直想
「是某種剝殼的烤貝類嗎？孔雀螺之類的？」
但整個覺得怪怪的

當然這梗很無聊
腦袋中轉一下記憶
就知道是無孔皮帶和有洞皮帶了
但為什麼一個賣皮帶的小攤在冒煙呢
我快下車前
那個運匠正跟我說著

他以前是個超會說笑話的人
因為他這麼會說笑話
對女人都是無往不利
他說他有好多個女朋友都是他講笑話把到的
但他自從有一次
他吃了剝皮辣椒
他就不會說笑話了
他和客人搭訕，說笑話
他們都一臉冷漠
他說「那就像美麗的女人失去美貌一樣啊」
但他講話確實很悶，完全不像曾是個笑話高手
我下車後，覺得這是什麼跟什麼
腦袋又開始運算
是否我產生錯誤的組合？
把不是剝皮的什麼組合了
是別的某種東西吧？

銅板

今天下午在小旅館寫稿
我在三樓
聽到樓下有人很大聲吆喝
我跑到窗邊往下看
是一輛計程車和機車
可能蹩到了或磕到了
我看的時候
一個很瘦的中年人
和一個很胖（比我還胖）看起來像黑道老大的
扭打在一起
然後那瘦子意外把胖子推倒在路邊矮樹叢
（其實可能是胖哥自己絆倒
但那個勢，他怎麼掙扎都爬不起來）
瘦子對著胖子罵了幾句
我這個距離看去他好像在喘氣
然後他好像想起什麼
又朝胖哥胸口搥了兩拳
然後又幹幾句
跳上車開走了
（原來他是計程車司機）

那胖哥
躺在小樹叢地上
也不爬起
我看他的手在身邊地上摸啊摸啊
一些閃爍的碎光
一開始我以為是他流出的血
後來發現他在撿散落一地的零錢
應該都是一塊的銅板
他那樣躺著摸地上摸了非常久
我看著有種說不出的
人活著本身的艱難的哀傷
也許我自己投射到這胖哥的處境
感受到他的挫敗和剛剛身體上受到的暴力
那時間很長
很像在看什麼蔡明亮電影人物的緩慢動作
然後他爬起
不知道上方有個無聊男子看著發生的一切
他像什麼事也沒有
騎上機車
一種黑道的霸氣
很像催油要追上去揍那計程車司機
那樣飆車走了

較勁

從中和坐計程車回家
黃昏時刻
車流壅塞
塞在一個紅綠燈前
我看到車窗外
一個媽媽騎機車載著一個小妹妹
我的位置跟她距離非常近
只隔著窗玻璃
那一瞬
我和她眼睛對眼睛
我本來腦袋放空
可能正在傻笑
突然意識到小女孩黑白分明的眼睛盯著我
我……我……我一時無聊男子發作
對她做了個鬥雞眼
小女孩似乎在那一瞬受到很大驚嚇
然後我的計程車就往前開了
但實在交通太堵了
車又在一百公尺處停下
那媽媽載著小妹妹的機車又停在我車窗邊

這時

那個戴著黃色小鴨安全帽的小妹妹

好像盯上我了

她一直對著我

作出擠豬鼻子，嘟嚕嘟嚕吐舌頭，露出老虎咧嘴

各種鬼臉

還用雙手比出Rock的手勢

她母親坐前座渾然不覺

嗚

這小妹妹的戰鬥力太強了

後來變我縮著肩膀在後座

不敢看外面，不敢惹她

但車子為啥一直停那不動啊

一模一樣的路線

晚上自己回永和老家
跟母親、哥哥、姊姊坐在神明廳聊天
我哥下我姊包的素水餃給我吃
然後按例提著母親煮的大包小包菜、中藥
走過路燈光暈飄著雨絲的巷子
到竹林路攔計程車
我上車後
跟運匠說
「麻煩您一過中正橋就右轉水源快速道
然後……」
不料那運匠接口
「然後從師大路那個出口下去
右轉地下道從辛亥高架橋下走
到溫州街左轉到底到和平東路對不對？」
我想奇了
坐到土地公開計程車嗎
他從照後鏡笑得眉開眼笑
「你上禮拜就在這兒搭我的車啊
路線一模一樣啊」
我當然嘖嘖稱奇，說真的超有緣

然後這運匠說
「你上次旁邊還帶著一個
是你兒子吧？」
我說「對啊，唉他是個混蛋小孩」
運匠說
「不會喔
我聽他跟你說好像一些做人的道理
你們兩個還在後座打起來
我後來才發現你們是在玩
我以為你們是同事
後來聽他叫你爸爸
我才仔細看原來是青少年」

我在後座黑暗中臉紅耳赤
想來是奶奶偷塞給小兒子一些糖果
囑咐他絕不能被爸爸發現
（我想像我娘對他說
「你爸爸再把這些糖吃光
會胖死」）
但小兒子在計程車上跟我炫耀
我先動之以情，說之以父子大義
這小屁孩死不肯分我
於是我們在後座以詠春拳爭奪他口袋裡的那袋糖
最後我失敗了

「哼，不孝子！！！」
沒想到這段被這運匠看在眼裡
我又在一禮拜後搭到他的車
以後跟兒子出外搭車
都要端莊一點啊

駱駝

搭了一台計程車
看椅背上這司機的大名
叫做「駱XX」
我非常興奮
但小兒子好像早我一步發現
他一直拉扯我衣襬
就是無聲的警告我
「你不要亂去攀親戚！」
但我實在忍得很辛苦
太難得遇到駱氏宗親啦
我想你若是姓陳姓王，姓李，姓林
就很難體會這種感覺
要是我爸在世
遇到這種場合
早就熱絡哈啦到已在邀人家來家吃飯啦
不過這位駱哥
聽著日本演歌
從背影看有點像黑道
我很謹慎地說
「咳咳

我說
您姓這個駱
應該從小到大，很少人跟你同姓吧？」
他說
「不會啊
我哥我弟我妹
我表哥堂哥表姊堂妹都姓駱啊」
啊，吃了個軟釘子
想我駱家怎會出這麼不親切的
我想到我爸以前遇到同鄉
都愛跟人家敘輩
敘一敘就會說
「算來我是你叔祖耶」
年輕時我在一旁都覺得很丟臉
此刻我怎麼有同樣的衝動？
我想也快到了
算了讓你這個駱氏之人
繼續孤單的在這城市漂流吧
不想小兒子突然說
「請問你從小到大的綽號
是否都叫『駱駝』？」
那人說「對耶」
他說「我哥我弟我妹
我表哥堂哥表姊堂妹也都是被同學叫『駱駝』耶」

這時我和小兒子很熱情的說
「我們也是啊」
於是在下車前
孤獨的姓駱之人
因為駱駝而相認了

紅燈

今天去醫院
搭到一台計程車
非常怪
幾乎每個紅綠燈
都是要變燈時
他慢慢地開，就一定變紅燈
我約莫算一下
那段路經過十來個紅綠燈吧
每個我們都停下來等
有的紅燈你抬頭看著它數字從九十秒開始倒數
我剛開始難免有些急
這運匠是個戴厚框眼鏡山羊鬍的阿北
車內音響放著我從山中來帶著蘭花草
一派淡定悠閒
後來我也洩氣了
想我也沒啥要趕的
順口哈啦
「這紅燈真多啊」（儘量聽上去不像諷刺）
他突然來了精神
「是不是？

您也發現了吧？

我跟我老婆說她還不信

我這八字啊

就是跟紅燈有緣

ㄟ我開過來，明明是綠燈喔

到我，一定變紅燈

我老婆當年要生我老大時

我從新店趕到台北的醫院

羅斯福路，大半夜沒車耶

真他媽一路紅燈」

我心裡想，媽的你就快紅燈時催個油門就過去了

你老大那麼慢烏龜悠晃著

當然全是紅燈嘛

但我實在是個打屁王

或者我對他有種衰雄惜衰雄的情感

我自己在生命中好像

我說

「你這說不定是奇格命盤啊

你沒聽過『大紅燈籠高高掛』？

古時候你一定是個老爺」

非常小的一件事

站在路邊招計程車

我已看著一台空車招手

他也閃燈表示要靠過來

這時後頭另一輛卻加速

蹩車硬插過來停我面前

我也愣了一下

但還是往後走

打開那台我原本招的那輛車的車門

那司機非常感動

他說

「謝謝你！！！！

這樣搶客人實在太惡質了」

硬搶過來那輛車還停在原處

可能很不可思議我不買他的帳

用這個動作，無聲譴責他的橫行

我猜他在駕駛座咒罵吧

但我想他若橫到

追上來蹩我們這台車

我會下車去打他

我搭的這個運匠似乎也在平息內心的怒火

他說「每天在街上討生活
就是常冒出這種同行
而大部分客人也就上了那搶到他們面前的車
不是搶生意的問題
而是那個惡質，暴力
這是非常小的一件事
但謝謝你做了這個動作
讓我覺得人間有是非公義
你知道
我今天回家
跟我太太吃飯
我心情都會非常好
因為你這位客人做了這個選擇」

我心裡想
這是非常小的一件事
但我也很快樂
因我沒因害羞或反應不及
就拉開那不對的運匠的車門
我可以在那麼短的　瞬判斷
擯棄我不喜歡的人對他人的粗暴

猩猩相惜

帶兩呆兒回永和看奶奶
搭到一台計程車
那運匠一看就像個黑道的
椅背後的行車執照上的照片更像
簡直就像通緝犯海報的標準臉
於是我們都蠻緊繃，安靜
開了一段
那運匠從照後鏡看著我
笑著說
「喔你這體格喔，這漢操真是讚」
我說「中看不中用啦」
他說「哪有，你這體格
我打你，打一整天你都不會倒吧？」
我「一拳就倒啦」（我忍住沒講：噓一口氣就倒）
他大笑「騙人，你這漢操
站出去人家會怕」

於是我跟他聊得很歡
我說我高中時
確實每次人家混幫派的約打架
都叫我去站旁邊

其實我脾氣很好
但人大個，臉又長這樣
對方就會怕
他說「你這臉有夠黑面
站出去不要說話，人家會怕啊
就是最好的門神啊
你剛剛站路邊招車
遠遠就看到了
我心裡就想
噢這個我恐怕要五個才打得過他一個
你是不是原住民啊？」
我說我是外省二代
但我祖先那可能是胡人
不是漢人
我們聊得超歡
超英雄惜英雄啊
下車後
小兒子說
「您老倒是和那黑道大哥
黑猩猩相惜啊」

觀石錄

那天，在小旅館裡
帶去的書讀了沒滋味，沒勁
最近心臟又略喘，也氣弱無法寫啥小說
用手機亂搜尋了清高兆的《觀石錄》
整個被他寫的那些艾草青、魚腦凍、芙蓉凍的描寫給迷住了
有這樣一段文字：
「清秋雲日俱靜，空山天色者一；一橫二寸、高半寸，望之如郊原春色，桃李蔥蘢；一如出青之藍，蔚蔚有光；一黃如蒸栗，伏頂有丹砂，茜然沁骨；徑半寸方者一，如硯池點積黑痡，明潤欲吐；一枚長寸有五、廣八分，兩峰積雪，樹色冥蒙，飛鷺明滅，神品。一如凍雨欲垂者，方寸；夏日蒸雲、夕陽拖水各一；如墨雲鱗鱗起者一；一半寸薄方，有北苑小山，皴染蒼然；冰華見青蓮色者一，逸品。一長方如美人肌肉；方寸中含落花落霞者二；一二寸方者，通體如黃雲中曈曈日影；葡萄、太玄、犀花、艾葉綠、鹿文、苔點各一，俱妙品；白如玉者二；甘黃玉者三。」
這都是寫石頭啊。真是美到爆！！
後來我搭一輛小黃去醫院複診

那個運匠的台語口音我很親切
是我岳父他們說話的澎湖腔
他好像接到一個電話
非常氣弱悲屈的跟對方道歉，對方好像在罵他
他說「王太太，我有和妳先生說過了，
你們那時不拿押金，是可憐我，
但我這個月真的沒錢啊」
他停頓下來，我都聽見對方急促的暴躁聲音
然後他說，非常悲傷的說
「好嘛，那我明天一早搬出去，真的很對不起⋯⋯」
對方電話掛了，他向我說不好意思
一會電話又響，這次是房東先生
好像也用暴怒的說話方式
這運匠仍舊衰弱說
「是妳太太要我明天搬走，但怎麼要我賠違約金呢？
我要是有錢，房租不是就交出來了？」
後來他沉默的開車，他說不好意思，讓我看笑話了
他說他原是在一家證券交易公司上班
過得還不錯，大直還有個房子
結果呢，一位他的客戶，捲了三千萬跑了
我其實聽不太懂這些富人怎樣把不是他的錢弄走
公司竟然把這筆帳算在他身上
他們有跑法院，但那法官的陣仗
律師說這官司穩輸啦

他把大直房子賣了，還欠一大筆，出來開計程車
真是人世冷暖，以前多好的朋友
三千五千開口跟他們借
你真的會看到臉色是什麼。
我說那你幹嘛那麼老實還，又不是你拿走的錢
你就別理公司，跑路。
他說不行，當時進公司，要兩個朋友作保
我不能害朋友的房子被查封啊
我感覺他是個文氣的人，他非常悲傷，憂鬱
我覺得看到部分我自己，但我不知該怎麼安慰他
他的哀傷深深感染我

有一段路我們沉默著
我突然跟他說「我今天讀了一個說一種石頭有多美的文章，他說那石頭紅如雞冠，白如截指（我跟他描述那手指切下來白白的感覺），黃如蒸栗，黑如純漆。好美對不對？」
我背起那之前著迷的文字，跟那喪氣運匠說
「你看它說那石頭，像凍雨欲垂，像夏日蒸雲，像夕陽帶水，像空山天色，好美對不對。」
他安靜說「對」。
我說我也是窮鬼，但有天我有錢，我一定要去買一塊他們說叫「燈光凍」的石印，像光輝會從那石印中暈照出來。

「好美喔，是不是？」

然後我要去的醫院到了，我是窮鬼，把身上有的五張一百塊嚕整齊給他

他說沒那麼多，硬不收，但我堅持，然後說，我也是窮鬼，但我們互相祝福，想想有那麼美的石頭，如美人肌肉；小石中含落花落霞，那麼美，就沒有過不去的。我下車時，他用力握我左手，說「謝謝你」

這是我第一次搭計程車沒和運匠扯屁話，而是說了段我之前半生不熟讀的文字。他好像很受感動。我很開心。

一路平安

在去香港的飛機上
我的座位旁坐著一位大姊
短頭髮，一臉友善的笑意
我本能很擔心她和我搭訕
這種經濟艙小位子
身體和座位旁的人擠很近
好像我們都訓練出
有禮貌的點頭微笑
但之後將疏離之牆拉開
保持這旅程的安靜獨處時光
但她終於和我說話了
原來她是自己一個人要去北歐
自助旅行一個月
後來她跟我說
這飛機降落之後，她要轉機
那之後就要和外國人說英語了
她自己一個面對那征途
內心會害怕
所以忍不住想跟身旁的台灣人說說話
她快六十歲了（看不出來）

前兩年脊椎動一個大手術
所以這次遠行，心裡很剉
我當然稱讚她這太強了
北歐耶
然後她告訴我她做半年的功課了
她會去北歐不同城市聽歌劇，參觀設計博物館
然後我們聊開了
聊得超開心
我問她有沒有看過一部日本電影
《海鷗食堂》
我超喜歡那部電影
就是一個內向的日本女人到北歐開一間日式食堂
她兩眼發光
說，有的 ，她也超喜歡那部電影
為什麼會想去北歐呢？
因為她從三十八歲開始迷上自助旅行
歐洲大部分國家她都去走過啦
她最喜歡東歐
就是北歐沒有去過
她沒結婚，沒有小孩，沒有家累
生命中最愛的事就是旅行
她之前在公家機關上班
退休了，不愛參加那些團體
只喜歡自己一人

到圖書館借書
在自己房間放音樂，點根菸來抽
但這次脊椎大手術後
復健後覺得整個身體大不如前
她就想，一定要去北歐一趟
不然怕這生都沒機會去了
她也想跑到離現有世界最遠的地方
但你看現在好像要跳水了
心裡還是很害怕啊
她問我家裡的狀況
我說了小孩和狗
我說我要再奮鬥五年吧
才能自由自在想去哪就去哪
我說我有天想去南美洲看看
我想去智利、阿根廷、巴西
我說她真好命
一輩子去過多少地方，看過多少美景啊
她說，是啊
但代價是老來自己孤獨一個人啊
後來降落了

我揹上背包
先往外走
我跟她說「一路平安，祝福妳」
她一臉感動說「你也是，也祝福你」

那時我很想跟她說
我要是有一個女兒
我也希望她能像妳一樣勇敢
一生貪看流動的風景
能感受孤獨的況味
在不同的國家旅行認識各式各樣的人

列車行進間

坐在捷運上
睡著了
作了一個夢
夢見我父親帶還是小孩的我
在一小河裡撈魚
那些魚像粉蠟筆一樣
有著奇幻的顏色
粉橘 粉紫 粉藍 奶油黃 粉紅
伸進水流裡撈著的手指
感覺是在果凍裡
我撈了半天啥都沒撈到
手掌被染成像莫內的畫
然後夢裡我好像哭了
我父親在那夢中天非常澄亮的小河裡
安慰我
「因為你現在還太小
等你長大你就會變一個很厲害的人喔」
然後我就醒了
感受到列車轟隆轟隆搖碎的光
我以為我坐過站了

突然一個人笑著拍拍我
原來是老友阿山
他是個很強的攝影師
他說我一上車就看你在那度咕
就沒叫你
幾年前他跟我說了一段很美的故事
是他跑去藏區高山上教那些小孩底片攝影
我剛睡醒
本能覺得好像要跟他問個故事
但他那一站就下車了
這一切都如此恍惚
真是浮生若夢

享石天堂

搶標

病來已半年
一個重要的改變
即放慢
事實上不慢也不行啊
倒是夜裡迷上了在Youtube看骨董鑑定節目
超好看
但大約是看太多了
有天我的網頁旁就出現一個外國的拍賣網站
我略上去逛了逛
包羅萬象，千奇百怪
有古幣，有化石，有一九六〇年代的骨董車、軍事用品
各種寶石、畫、重機車、印度或日本的佛像
當然最重要是骨董
我跑去看了中國一九二〇年之前的瓷器拍賣
有青花，有粉彩
有瓶、碗盤，當然還有外銷瓷、沉船瓷
美不可言
當然我也不知那些是真品或假貨
當然那些拍賣品，標示著歐元的價位
都不是我能奢想

但最迷人的是
每次拍賣終止前一分鐘
就是倒數計秒的時候
你會在那網頁
像看不見的各路幽靈
每次十元歐元往上加
你來我往的PK
我在某幾個夜晚發現這個競拍的讀秒
像光焰四迸的競技場肉搏
常常一個原本標六七十歐元的廣彩繪人物花瓶
這樣的一個覆蓋一個的廝殺後
會飆到四五百歐元定槌
對我而言
這都是虛擬的
我看得不亦樂乎
但有一晚
我看一個說是清康熙的青花筒瓶
價格一路到一百七十多歐時
牡羊座的我被那戰鼓頻催給激動了
手忍不住
一碰滑鼠
其實只是湊熱鬧
下了個一百八十五歐元
照我的經驗

很快又會有後來者出更高價蓋過
但沒想到
突然所有人都不動了
感覺原來那激烈的加價只是在等哪個笨蛋上鉤
然後螢幕上出現
「恭喜你以最高價得到這寶物！！！」
幹，我不是玩真的啊
但上面都是英文
好像有說拍到不付帳有法律責任
總之，因為我近來窮
所以就偷刷妻的信用卡之副卡
我標到這青花瓷的那刻
好想死喔！！！！！！！
這事後來我告訴他們母子
他們非常生氣
因為那時他們母子仨在國外
手頭非常緊
錢算得剛剛好
突然付房費時刷卡餘額不足
還好兩呆兒有奶奶和阿嬤給的紅包錢
交給了母親
「害我們那時超緊張！！！！！」
反正，如何受到他們的痛批
就不說了

總之，我也忘了這事
有天那只青花瓷器
千里迢迢從法國（那個賣家）寄來我家
兩呆兒把紙箱拆了
給他們頗內行瓷器的母親鑑定
得到的結論
「假到不能再假！！！！！
這種低端仿冒品
在景德鎮地攤
一個一百塊人民幣可能都沒人要」
唉，總之
我還是把這夜裡誤標到的青花瓷瓶
供在我的書架上
當個寶
但從此之後
小兒子就一直跑來說嘴
「爸鼻你那一萬塊買的假瓷器
讓我來當漱口杯吧
比星巴克咖啡杯還不如啊」
他把它拿起來拋扔
我訓斥他
「那可是你爸的骨董
砸了你要賠我一萬喔」
這孩子

這之後幾天
像是害怕他父親在網路沉迷喊拍假骨董
常賊頭賊腦在我書房門口監視
難道我是個會敗盡家產（也沒有好敗的啦）
害兒子將來沒錢念書去市場賣粿的男人嗎
我趕他走
他說了一句很像大人的話
「爸鼻你用眼睛看就好啊
手不要伸進你不懂的世界啊」

張發田

那天去建國玉市
走到一壽山石（其實現在都是老撾石了）攤前
琳琅滿目
看得我像色老頭看美少女
又流鼻血又內心提醒自己
「定心！！！定心！！！！！美是妖魔！！！！！」
一臉做出很挑剔的客人的死魚臉
百無聊賴翻那些（嗚其實心裡OS大喊「喔好美！！！
喔這個有夠水！！！」)
五顏六色的石頭
拿起一顆印身透明如玻璃，晶瑩帶細絲
而上端一小段鵝黃色
雕了一隻水牛的老撾印石
冷漠地（內心OS「喔！！！！太水了！！！」）
說
「這雕的不怎麼樣，多少？」
攤主是個眉清目秀年輕人
誠懇的說「一萬五，這近乎荔枝凍了
最低一萬五了」
我說「七千」

他用快哭出來的表情

「不可能啦，大哥，七千我連石材的本都賠了，不然我

今天還沒開市

算一萬怎麼樣？」

（我內心OS「便宜便宜！！OK！！OK！！！」)

「不行，七千，不然我就走了」

「好啦，好啦，大哥，不然八千啦，我賠本賣你

討個開市」

八千成交

（那可是我的血汗錢喔）

開開心心回家

拍下美石的照片

貼到我和兩個老哥們的群組

「哥們，我今天敗了 買了這顆

美吧？八千，算小小撿漏喔」

他們一片罵聲

說我太敗了

但我好喜歡這種拿出美麗寶貝被哥們罵的虛榮感喔

一邊上淘寶

輸入老撾石關鍵字

瀏覽下來

咦，看到一顆跟我那顆差不多大小、色澤、雕工更好的

老撾石

開價一千人民幣？？

立刻去群組留言
「哥們，我好像有點買貴了」
再去淘寶繼續看
竟有五百人民幣，長得差不多的
「哥們我好像被婊了」
再去看
沒有最低，只有更低
有三百人民幣和我那顆像雙胞胎的
一樣刻著水牛
我去群組留言
「幹！！我好想現在搭計程車去扁那個賣石的小子
那可是我的血汗錢！！！」
哥們貼上哈哈大笑的表情貼
我突然急中生智
想起其中一位哥們（我們是陽明山時期的老友了）
他的父親的大名叫「張發田」
不知道為何我會在三十年後莫名記得老友尊翁的大名
哥們群組留言
「你怎麼會豬油蒙了心
八千就這樣買了呢
不是勸你很多次了？」
我回
「當時根本沒有想買
就是空中出現一個聲音

張發田、張發田
買了這顆老撾石，就像田黃一樣發發發！！！
我就照著空中神祕指令買了
也不認識這個張發田是誰？？？」
老哥們中圈套了
回
「真的假的？
張發田是我爸的名字耶
幹，要發也是我吧？關你什麼事？」
我立刻打蛇隨棍上
「真的嗎？
太神祕了
冥冥中原來是要我買下這顆只屬於你的石頭！！！
這樣，兄弟
我把這顆『張發田長壽萬年石』賣給你
自己兄弟，算你七千就好？」
哥們發現了
回「媽的，自己被騙想找下家喔？
我買你這顆回去送我老爸
我老爸會巴我
這麼好您自己收藏吧」
就離線了

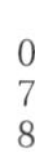

垃圾桶

這是之前發生的事
我瞞著妻兒
偷上網站買了一顆壽山石
收件地留我家附近的雜貨店
然後預算石頭快寄來的那幾天
我沒事就兜去雜貨店
問老闆可有收到我的小包裹啊
都說沒耶
不好意思就假裝買包菸啊之類的
終於
有天
老闆說有耶
有一個你的包裹
我興奮極了
拿了那一包牛皮紙包住的
不知為何那麼大包
走到外面馬路
蹲在路旁撕那包裹外的粗膠帶
他們很煩，都層層嚴實裹著
膠帶封成十字型交叉

我是急性子
拆得大約很用力
後來拿出打火機燒那怎樣都扯不斷的膠帶
後來我發現公車站牌幾位等車的婦女
很不安的瞄我
是覺得我是縱火狂嗎
我收了打火機
（這時那韌性超強的大膠帶
終於在小小藍火苗下燒斷了）
我扯開那紙盒
又拉出一堆泡泡綿
終於拿出一個錦盒
（這些賣石頭的都很愛假仙的贈送一個錦盒）
哇！那個開心
我將那坨泡泡綿啦，報紙坨啦，扯爛的牛皮紙盒和膠帶
扔進公車站旁的垃圾桶
當然裝作氣定神閒的樣子
讓等車婦女們覺得我是好人
然後我就把那錦盒放進書包
開開心心往我平時寫稿的小旅館去嘍
我帶了很讚的書
告訴自己先讀一個段落
再來美美的
獨自好好欣賞我的那顆美石

等到大約半小時後
我放下書
從書包取出錦盒
點根菸
哈哈，我的小美石頭兒
一打開
裡面是空的
我立刻知道剛剛丟進路邊垃圾桶的
那坨亂七八糟裡
包括了真正我買的那顆嗚我偷買的
雞母窩五彩斑斕的石頭啊
我立刻衝出小旅館
生病以後從沒這樣沒命奔跑
跑到快哭出來了
（省略那中間的內心戲）
噢總之當我終於跑到剛剛那公車站旁的垃圾桶
還是站著一些阿婆婦女小孩在等公車
他們驚訝地看到一個胖子
激動的翻垃圾桶
拿出一坨爛紙團塑膠膜
然後翻一翻
哈哈大笑
說「老天保佑啊」
唉

真感激這半個多小時
沒有老哥去翻垃圾桶也沒被資源回收車收一包運走
那個渾蛋石商是把石頭和錦盒分開放！！

禪師的聖杯

小兒子這兩天都喊我「妙嘟禪師」
因為從小他便知道
我的乳名叫嘟嘟
我非常生氣
最近我家樓下常聚集一些人
有一對情侶騎在摩托車上
有騎腳踏車的
有年輕媽媽帶著小孩的
也有一群穿著一樣運動服的可能是啥健身房的
聽呆兒說那是因為寶可夢的道館
我沒有玩
不是很清楚
我家小狗總是興奮汪汪亂叫
有時我忍不住
裝出要拉開紗窗
向教皇對教堂下信眾揮手祝福的模樣
兩呆兒很怕丟臉
嚴厲制止
其實那些人都低著頭
沒人會看見上方有一老胖子在胡鬧

後來昨天晚餐
孩子們的媽講起新聞
妙禪和所謂紫衣幫這些事
我當然要耍嘴皮子
「媽的當初就是走錯行！！！」
但今天我又發現樓下聚集抓寶可夢人群
又想做出對下方揮手致意
小兒子在我身後喊
「妙嘟禪師要丟聖杯嘍」
我很生氣
但什麼是聖杯呢
幹
就是我那只心愛的假青花瓷啊
「為什麼別人都有信眾獻跑車
我當禪師要扔下我心愛的收藏品？」

天才雕刻師

小兒子有天拿了塊皂石
用圓規就將它雕成一隻小狗的模樣
我大喜過望
萬想不到他會有雕刻的興趣
他淡然跟我解釋
這種石頭很軟啦
沒什麼了不起
但他不知他父親腦中想像的
未來的關於壽山石雕的霸圖啊
如果恰好我兒子是個雕石天才
那我晚年不是爽翻了？
那些壽山石雕刻大師
淘寶上一件雕啥戲獅羅漢啦，美女啦，觀音啦，古獸啦
隨便都是老子買不起的幾十萬啊
如果二十年栽培計畫
讓這廢材一直練習雕石
最後石破天驚
成為壽山石雕界專門雕狗形的獨門大師
我又可以名正言順
以幫兒子的創作買原料

去福州買，可能現在只能買老撾石了
（也爽！！！）
於是為父我一臉慈祥
從我抽屜拿出一整組篆刻刀
是我的老友峰哥送我的
說來我迷上壽山石之初
處女座的峰哥勉勵我
勤於功
贈我這套雕刀
但我太沒天賦了
拿顆石章來亂鑿半天
想雕個「唬爛王」
但他媽太難了
（我高中工藝就不及格啊）
超沒耐性
（手指太胖太短了嗎？）
亂鑿發現還要刻「反字」
真是邊雕邊罵髒話
最後敷衍了事
雕了個「口火王」，氣極，下面再加兩撇
成了「口火王八」
我想我五十歲了
應該無望打入壽山石雕界了
現在我兒，我錯看他十五年，原來非廢材也

是世界還沒出現讓他發光的百分百玩意
哈哈
原來就是雕壽山石啊
我找出一堆「贈品小章」
（就是淘寶買石頭，店家會送你一顆小小的
不成商品的，但其實材質並不差的小小石章）
滿臉堆笑，和雕刻刀一起送給他
他好像一臉不好意思
或懷疑我的動機
「別客氣！！！這些就當你今年的生日禮物好了」
「但我生日是九月底啊」
總之
每天晚上我就若無其事問他
「怎麼樣？
今天有沒有什麼創意雕刻啊？
雕個雷寶呆不錯喔
雕個小端也很屌喔」
但他好像又對這事沒興致了
啊
我那個心啊
就像你意外生了個兒子長到210公分
他卻告訴你他不想打籃球
你那個著急啊
今早起床

我們卻發現一件意外的事
我家的小牡
平時睡我旁邊
夜裡有爬上小主人書桌叼下所有原子筆亂啃的惡習
今早我們卻發現
他把小兒子放桌上的三四顆小石章
全啃得凹凹窪窪
（那些小石章，或是老撾石，或是巴林凍石，其實很晶瑩美麗）
「靠！！搞半天
小牡才是我們家的天才雕刻師？？？」
而且不只石頭
連雕刻刀的木柄都被牠當狗骨頭啃爛了
我說
「也許幫小牡裝牙套
牠啃石頭會出現博古紋嗎？
也許可以啃出古獸之形？」
小兒子說
「爸爸您瘋了
我想我們把這種石頭研發成狗骨頭形狀
打入寵物零食市場
這是超耐咬材質
可能比較賺喔」

很久以後

我曾經啊
不知道為何不被愛了
那就像一顆星球
每一樣東西都還在
河流　海洋　大山　沙漠　城市　圖書館
寡婦　動物園　釀酒廠　銀行經理
每一樣我細細檢視
都在都在
然後我發覺了，我明白了
是煙不見了
火車不冒煙了，煙囪不冒煙了
發抖的孩子不會口吐白煙了
焚燒死去馬匹的木柴也沒有煙生起了
沒有晨霧
沒有海港的大霧
我才感覺到不被愛了是這樣細微的不同
我曾經以為
被不愛的人
臉中央會有個穿透的窟窿
他們坐一排在街角

雙手掩著那個破洞

讓人們以為哀傷在哭泣

我也想像過

被不愛的人

會躺在機器人墳場

整片黑油、臭味、斷肢殘骸

宣判切斷兌價的時間

或像那海邊的馬場

那些老殘、蹄子破裂、有一隻眼珠灰濁空洞的淘汰馬

但是，但是

故事不是這樣的

你的這顆神祕的星球

小小的一切，細微的在發生

沼澤旁的母鴨，用心不讓她的孩子夭折

吃下你的眼淚的野馬群

在灰綠色的荒野奔跑

你的所有夢境

被當成潮汐、風、銀色月光、地震或暴雪

所有海獺的鼾聲

所有蕨葉的冒長

你慢慢會看見

在這顆星球之外

有上億顆星球

在無垠黑暗中安靜轉動

有許多破碎的殞石、暗紅死星、星塵、空洞
漂流著，旋轉著
哀傷巨大到太空的尺度
會成為一種潔淨的，像透明膜
喔，不
像在透亮湛藍的泳池底部
閉氣蛙泳
那是很長很長的
這個星球的史前史
很久以後
沒有碑石
但你希望很久以後
那個人偶爾想起
尋回最初離開之地
郊原春色，桃李蔥蘢，飛瀑垂掛，百鳥啁鳴
你說
「我一直一直
把你的星球顧得好好的」

退款申請

我很感慨的跟兩呆兒說
（狗年將至的第一次庭訓啊）
「這個世界的人非常多
你再自豪自己的自由性格，心的寬闊
從少年時走到譬如我現在五十歲
應該有各種機緣認識非常多的人吧
但還是很有限的
就像太陽系，他也就這幾顆行星啊
我想宇宙那麼大
或有某些行星系
圍著一顆太陽的行星有二十顆吧
但應該很少有上百顆行星吧
這以來
我受到一些
非常好非常好的人
贈與非常高貴的情和義
那真的像雪夜站立荒野
有人邀你入明亮溫暖之室
給予你內心感動
『啊！人類，這就是人類有難以言喻讓人著迷之處』

你會為
那像春風一樣的仁慈
想掉眼淚
我受過很多不必要的惡
那使我如今餘生有限
覺得非常後悔
過去時光浪費在許多時刻
驚懼　猜疑　憤怒　自我內心辯解
摸不清為何我要遭受那些
但那都是無謂的浪費
像一顆星球和另外幾顆星體間的引力或關聯
其實非常有限
其實你會遇到一些非常好的人
非常良善的贈與
這些人願意將那麼美麗的風景交給你
一定是你有值得珍惜之處
要為這些美麗的心
回應時光裡　你裡頭好的那部分
這就是我剛剛體悟的
『有限時光運行的自愛』」
我自己說得哽咽了
兩呆兒問
「爸爸
請問您要說什麼？」

我「唔？說什麼呢？
就是要當一個好人！！！
沒錯
你爸爸我就是要說這個！！！」
小兒子說
「你又是去淘寶
跟不認識的陌生人
買了石頭
卻只寄來空盒子了是吧？
你就告訴自己
喔，我不要浪費生命在這種不值得的人身上
對不對？」
「哪有？怎麼可能為這麼低層次的小事
產生這麼奧妙的生命感悟！！」
「爸鼻
你可以按一個『要求退款』的功能
有選項，舉出原因
告訴網站管理員賣家寄來空盒子
很簡單的
和一個恆星會認識幾顆行星沒有關係的」

「真的假的！？
你快來幫可憐的父親弄一下那個啥
『退款申請』啊！」

正能量

正面能量是一件很難的事
我幾年前
覺得自己有源源不絕的正能量
分享給遇到不幸的人
但我從不覺得自己是菩薩
而比較像羅漢
因為我的鼓舞或正能量之舞
比較像自嗨或傻嗨
但我生活中還是很容易被挑起嗔心
（也有可能只是長相的關係？）
不過這兩年遭遇的病
讓我感到自己真正的能量驟減
我有自省自己是否變不慷慨了？
或是神祕的能力消失了？
但因為一年來很多時間在跑醫院
或是身體處在並不舒服的狀況
當你是病人
倉倉皇皇在大醫院人擠人流裡
跑不同檢驗室啦，門診等號啦
掛號處等批價啦，藥局等拿藥啦

你不可能像從前在創作課上
對交上小說滿心怕傷害又期待的年輕創作者
說：
「加油！你是最棒的！！！」
在醫院這樣對身旁臉黃黃的阿公阿婆
這樣無端說
他們會以為我是直銷的吧？
其實在病的時光
在變弱的時光
得到很多人伸出救援的手
各種不同形式的幫助
真的都是恩人
原來我不是羅漢
是被拯救的肉腳
生命很奇妙
有時你覺得自己是武士
有時你非常疲倦，但發覺你是天使翅翼裹住的
祂疼愛的，小小脆弱的人類
我曾認識一個朋友
她心愛的人自殺了
我不知道怎麼給予支援，或愛的擁抱
後來我帶她去保安宮拜拜
她沒去過廟
但在那香煙裊裊，神明在層層雕繪後面

阿婆們崇敬默禱的空間
淚如泉湧
她說駱大哥，謝謝你
我好像內心平靜下來了
其實我自己根本不懂這些跟神明打交道的方式
我遇過這種被生命超巨大創傷之人
會拔下自己隨身的手串念珠
說我是羅漢下凡
我的念力會祝福你、保護你
幾年後這朋友來到台北
我們約喝咖啡
啊！她真的走了非常長的路
真是個勇敢的好孩子
後來辭了工作到了異國
交了很多朋友
認真學習，生活，給別人快樂和正能量
我生命中不止一次亂許願
給我的朋友
「把我的十年壽命給他」
但難道上天原本給我的陽壽有兩百歲嗎
亂開支票也總有扣款機制吧
但我發現
我強大時給予幫助
以及我受難時伸出手幫助我的

是不同的隊伍啊
人和人在茫茫時光
真的不是恩義與償還那麼對價的扣著
我還不起我欠恩的人們
也不曾想過我幫助的人有天發了來罩我
我有想過
以前被我說
「我是羅漢
你是最好的
要好好活著」的人們
後來會否覺得我是神棍？
這就叫「泥羅漢過江」嗎？
這一年頗有感慨
人並不總是要演強者
有時在弱者的位置
可以看到人類更美、更遼闊的景觀
今天小兒子回家
好像這次月考考砸了
有點憂鬱
我問他會最後一名嗎？
他說「可能倒數第二吧？」
我說
「沒考倒數第一算什麼男子漢？」
當然又重述了我當年漫長五六年青春期

都是全班最後一名的豪邁歷史
說著他又開朗起來
最後他回臥室前
勒了一下我的脖子
說了一句我從他離開幼稚園後
好多好多年啊
好久違的話啊（啊，好懷念）
「有你這老爸還不賴喔」

小書店

再美好的
沒有不最後消亡，被人遺忘的
活著的人
十年一眨眼
像雲霄飛車轟轟一下就過去了
最美的經歷
譬如朝露
年輕時
我多麼希望自己死去後
留下的書本
能被人記得
但我這輩卻經歷著
此刻都不確定二十年後
世界還有書本這件事嗎
但若我是個老人
這便是個美麗的祕密
我曾在我的童年小鎮永和
市場裡的小巷
這家小小書店
不同的夜晚

和不同的超棒的小說靈魂
談著文學
小小的，室內人們像促膝擠坐在一種燭火的幻影裡
後來他們搬到永和的另一個地方
但我更老以後，甚至我死去前不久吧
我都會記得這家像炭筆畫的小小書店
我都不記得和任道這次的對談
我說了什麼
當時我生了大病之前還是之後
而我愈感覺
能在活著的有知覺的時光
有限的機緣
遇到美麗的靈魂
冠者五六人，童子六七人，浴乎沂，風乎舞雩，詠而歸
你的年輕時光，我的壯年時光
你的壯年時光，我的衰老或殞滅
這是何其幸運之事
我的世代限制或人生際遇
我一定有我這個階段的無知而說錯
或者我會悲哀的氣弱，猶豫，不復從前的精銳
但我們都會繼續學習，或認真思索
但我們遇見，傾心交談，珍惜對方，珍惜捧在手中的
像小鳥一樣顫抖翅膀的感受
然後分開

各自珍重
真誠的泅進自己神祕的河流
因為只有你自己知道
你是那麼珍貴獨特
這是多美好的事

潤物細無聲

很喜歡「潤物細無聲」這句詩
一個文明
禁不起太多的自以為拿剖刀、尖鑽
將之戳割
那其後牽連的人們
成千上萬
各自有他們時光的的記憶、情感、傷害史
我常在各種場合
聽人們問我
「這個時代讀小說
有什麼用？」
常為之語塞
其實小說不就是
能夠更展開，珍惜你不熟悉之他者的生命史
一種說情，聆聽，感同身受？
感覺愈繁複的文明
就像植株物種愈多元的森林
不是單一個體生命頂多七八十年
但可以充滿感覺且不會傷害生態的事嗎
不要無意義的羞辱他人

不要握有權力便傲慢的
覺得自己可以畫一條線
將你不喜歡的人
描述成怪物
這不是文明該耐心累積
不要過激，哀矜以對
我們在跟年輕人說的道理嗎
如果在你所在的時代
逞內在的暗黑本能
任著部落戰爭的模式
一定要將敵對方全部的可能消滅
這個文明永遠是失憶的，沒資產留給下一代的
我曾聽一位我非常愛重的年輕小說家說過
「我們要保有這習慣：不斷的反對自己」
就是試著把那個自以為是，理直氣壯的自己
稍微不安，旋轉
看看真否其實造成另一群人的羞辱　痛苦
這是存放於內在的嚴格自律
其實，未來不是屬於現在抓權柄、資源的這些人
再說一次

未來是屬於現在還沒法決定自己命運的年輕一輩
能否不要超支你現在可以決定支配的現在
沒有權利去弄壞生態的未來
一直在提領憎恨

但其實不可能回到部落戰爭年代
將你討厭的人滅族殺光
每一個決定
不留餘地
這是埋留給未來無盡的不安？
我有時非常悲傷
每一代
我都認識一些非常好的人
默默的植株、種樹
想給下一代（而非他能享用的有限餘生）
多一些呼吸起來舒服些的空氣
但往往抵不住這邊衝殺過來那邊幹，殺回去的
放火燒整片林
有哥們問我的想法
我說
「潤物細無聲」
沒有想法
溫厚一點
不要傲慢
不要下手做這件事
讓人覺得不祥的殘忍

美麗的事

說到底
遺棄是最大的罪
我已慢慢學會
不要質問傷害自己裡面較好的那部分
自己曾經做過的美麗的事
不要去因眼前幻影
而覺得羞恥
我年輕時見過一些美麗、柔善的人兒
卻因為愛的天性
幫那些習慣剝削、傷害他人的人
修補那些裂片
靈魂裡吃了太多他們不該吃的黯黑
時日遷移
莫名變成不幸的人
我年輕時非常痛恨這樣的事
但我現今又覺得
人類之所以至今未滅絕
乃因這個文明會在它之中
長出這些傻瓜
越過自己的族類

去愛其他的族類
寬諒、擁抱、犧牲、慈悲、或是正義
有一些人做了一些美麗的事
然後他們被這大機器絞得遍體鱗傷
有時難免虛無、忿怒、嫉妒，甚至憎恨
但其實我總想說
曾經做過的好的事
它都是有意義的
有時只是你自己不知道
一轉身，就像我頂樓陽台
亂七八糟的花盆土裡
不知道哪來的什麼鳥
帶來的種子
前幾天我發現長了一棵葉子超漂亮
不應在這半空中長出的樟樹

不存在的紙杯

最近看到一支某咖啡的廣告
兩個女孩閨蜜
其中一個在跟另一個訴說
不知某個男生到底有沒有喜歡她
她焦慮又快樂
這時男孩打電話來了
原來現在講手機是可直接視頻對方
然後這廣告的小魔術便出現了
她在慌亂和男孩有一句沒一句說話時
那可愛的閨蜜把她的咖啡偷拿去
在紙杯背面寫上
「你在追我嗎？」
等女孩一邊講著視頻一邊拿起咖啡喝時
從那男孩那邊看到的景象
就是她拿著寫了問這句話的咖啡紙杯喝著
他在他那頭的紙杯寫著
「可以嗎？我可以追妳嗎？」
然後是這傻女孩在這頭掩嘴跟她閨蜜說
「他在跟我告白耶！！」
我看了溫暖而會心微笑

好可愛啊
對不起我這樣好像谷阿莫
這種紙杯寫說不出的話，給對方看到（透過手機？）
好像我那時代的傳紙條吧
把訊息藏在跟對方借然後還給他的課本裡
（我們那年代的
壓抑害羞，青春電影梗是這樣的）
或更早的阿北年代的火車站的「留言板」
紙杯被移動著、旋轉著
變成傳達害羞說不出口的「寫字」
我有時在夢中
跟很多年前負棄了，後來變陌路的
多年前某個重要的人
在夢中的濕雨中
或很多人歡鬧的場合
我說「那時真不該那樣」
醒來，內心總是悵然，又有一種好像我把這種
不可能說的情感
在夢中一只不存在的紙杯
旋轉了，遞過去
當然那都只是在自己的夢裡

我們應該更好一點

（在捷運上
身旁一老人拿著手機忘情說著
「我們應該更好一點啊」
他的嗓音非常有感染力
我有些害羞聽到了這麼私密的話語
覺得像句詩一樣美
但看身邊站著坐著的年輕男孩女孩
都低頭看著自己的手機
這於是像在一個只有他做內心獨白的
安靜夢境
他說「你看看我們一起經歷過那麼多事」
我不知他是對老妻、情人、不理他的兒子
或年輕時的兄弟
或生意死對頭或因細故爭吵幾十年沒聯絡的老姊姊
說著這些？
他的一字一句，都非常沉痛，後頭有極深的情感
我不知為何，為他說的，非常感動）

我們應該更好一點
我們不該坐得那麼遠啊

我們好像在相同的笨拙時光做過同樣的體操動作
我們讀過同樣的一些好小說
我們一起經歷了冥王星從太陽系被除名
或是那一年漫天焚燒的獅子座流星雨
我們同樣在最年輕的時候
聽了那首和梵谷對話的歌
感動得靈魂最裡頭偷偷揭開的一個裂口
至今沒有癒合
我們同時站在不同街角的櫥窗外
看到黛安娜王妃殞命
呆立而感到遙遠的傷心
你模仿過麥可傑克森的月球漫步
我們同樣曾在情書上寫下那句
小狐狸對小王子說的
「請你豢養我」
我們同樣到了對自己的一生百感交集
卻對有限餘生仍惶然如剛學步的嬰孩
我們同樣在目睹電視上九一一那超現實場景時
臉孔滑稽的哀鳴
「靠，第三次世界大戰要開打了」
我曾在路邊公用電話
對著像在銀河那端寂靜無聲的女孩
說著逗她開心的笑話
一枚一枚落下的銅幣

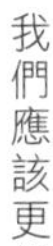

發出像雨簷水滴，最後如溪流的美聲
我們曾經歷隱形眼鏡的發明，錄音磁帶的發明
我們是曾因為阿姆斯壯
曾在小學的我的志願
寫過「太空人」這樣不切實際職業的一代人
我們是經歷過二十世紀最後一天的那幸運的人類
我們那麼脆弱
我們那麼孤單
我們在只有自己的夜街上
兩眼閃閃發光，夢像啤酒杯上面表面張力的漲滿
學著牛仔掏槍的動作，幻想自己在拳擊場踩著腳步跳躍
或以為自己做出喬丹從罰球線起跳
鳥類展翅飛行的姿勢
我們一起經歷過那麼多事
我們那麼渺小
我們拿著回憶柴房裡，那麼多那麼多可以點燃篝火
照出搖晃陰影的樹枝
不知如何是好
我們只是一顆短暫將被蒸發的晨露
我們應該更好一點

鐲子

那天回永和
姊姊告訴我
前幾天母親在院子摔倒了
恰好她和我哥都不在家
等於母親自己摔躺在地面
躺了許久才爬起來
母親的個性很特別
她摔倒這件事
我姊回家後她都沒說
第二天才當沒事淡淡說起
我哥打電話回家
她也不說
等他回家才知道
至於我這個浪子
像太陽系最外圈的海王星嗎
打電話回家更是聽到吉而聽不到擔憂的事
要到頻率更長 一周回家後才得知
母親說
「事情都發生過了
說了讓你們擔心，幹嘛呢？」

這或是她出身艱難養成的習慣
有再大的事
她都習慣沒有求援系統
自己就是那小宇宙唯一的太空人
自己堅強地找到解決的方式
我們三個小孩
成長過程各自都遇到麻煩、闖禍
（其中又以我闖禍最烈，為時最長）
我父親是個律己甚嚴
老派正直的人
面對孩子的闖禍
反應機制都像托塔天王李靖那樣
震怒，霹靂
而我母親於是都扮演那個幫孩子吸收掉祕密的人
她給我一種典範
就是嚴守他人託付給你的秘密
這種避震，吸納性格
我至今仍非常佩服
母親回憶她摔倒在我家院子時
（躺了不知多久？十分鐘？半小時？）
心想
「這次摔得不妙啊」
但後來慢慢緩過神
慢慢爬起來

發現（她口頭禪是「菩薩保佑」）萬幸只是摔側倒一些
破皮、擦傷
當然第二天身體各處追回的疼痛
但以她幾年前摔跤
後來（太會忍痛）吃了許多苦
最後動了手術換兩個人工髖關節，兩個人工膝蓋
一邊大腿骨壞死裝鋼釘修復
她自己非常堅強復健
從坐輪椅到能拋去拐杖行走
這中間經歷多年
我們三兄妹對「母親摔倒」（她八十多歲了）
那個內心的震撼、驚恐
但竟然化險為夷
母親說她也覺得不可思議
後來檢查全身
發覺是戴了二十年的那只翠鐲子裂了
「幫她擋了這次災厄」
那只鐲子是我和妻剛結婚時
她送給母親的
因為經濟力有限，已是能買的真翠的極致
是豆青的
但母親戴著
愈來愈綠，甚至帶一種嬌綠，汪汪的靈動
母親說，我姊說這鐲子擋了災，已不能戴了

但怎麼都拔不下來
真的像有靈性，有情
捨不得和主人分離
我娘就對那鐲子說話
你伴我二十年啦
這次又幫我擋了災
你好好褪下來，我會好好收著你
說著咕嚕一下就脫下來
不知為何
我聽了這發生過的一切
就是想流淚
有次搭計程車
遇到一位女司機
她說「人生啊
就是一　健康
二　老來還有真的好友
三是錢剛好夠用就行」
當時我覺得很對
但又覺得哪裡不足
後來想
就是親人能平安，健康
當然人世如大海行舟
但能夠祈求親人平安
那就是最大的福氣

詐騙

今天回永和

跟我娘我哥我姊圍坐哈啦

我娘說起，前陣子接到通怪電話

電話中那人是個年輕男子的聲音

劈頭就說

「我要找張寶珠」

「我就是，請問你是？」

那人說

「是這樣的，我要找張寶珠幫我治病」

我娘是雙子座的，個性有點像小孩

啊？我不會治病啊？

但卻好奇問

「你要治什麼病？」

那人愁苦的說了一大串

什麼脊椎歪掉腿骨非常痛，晚上常痛得睡不著

膝蓋可能也壞了

#$%^%$&*^%$@#@嘰哩咕嚕

我娘問「那是誰要你來找我啊？」

那人說「我就是前幾天作夢

夢中有個人跟我說

你想治好這個病
要去找一個叫『張寶珠』的這個人」
我聽到這裡，立刻認知這是詐騙吧
夢中聽到名字
但他哪來我家的電話呢？
但我娘的個性太像小孩子了
而且她恰好前幾年就是像那人說的各種
從尾椎髖骨、大腿骨膝蓋，全部壞掉
那種痛苦怎恰好和那人說的一樣
而她也動了幾次大手術
遇到一位非常好的老醫生
整個髖骨膝蓋，都換成人工的
於是我娘非常熱心的跟這人分享
「啊，我當初比你這還嚴重
我就是找一位台大的蔡某某醫生
啊，他現在退休了
換到某某醫院……」
我娘非常興奮的跟他說這醫生的神技
人有多好多好
他現在的醫院在哪
電話是幾號
跟對方哈啦了非常多要注意的細節
「你一定要去看喔」
那人唯唯諾諾

說好的好的
然後掛了電話
我娘把這事說給我哥我姊聽
他們全說是詐騙嘛
「但他詐騙我什麼呢？
他什麼也沒做啊
也沒要我什麼帳號啊」
我姊說
「唉啊
他本來編了一套要詐騙妳
誰想到妳剛好才生過這病，才開過刀
妳跟他講一大堆
他一定是太意外了
一般人家聽他這情節就被唬住了
但妳真的介紹他去哪看醫生什麼的
他反應不過來
只好喔喔喔然後掛電話啊」
我娘訕訕的說
「如果不是詐騙
有多好哇
你想
有人說他在夢中有仙人跟他說你的名字
說你可以治好他的病
而恰好真的說起來

他的病痛，是我真的經歷過走過來的
如果他說的是別的病
我還不敢亂說啊
我真的以為我指引了他一條能治好這病的路
如果不是詐騙
希望我說的對他有用啊」

最美的一句話

最近深夜迷上在Youtube看整人節目
一些可愛的男孩女孩
在設計好的假情境中
驚慌，失去自信，臉上撐著微笑，快哭出來
等主持人和其他來賓衝出來
說
「假的啦，我們這是整人節目！！」
大家全歡樂地笑
啊，我超入戲，感到他們那
「喔，還好這是整人節目」的崩潰
從死境又活回來
時光中難免如此
我們想做一些好的事 、溫柔的事
我們想當更好的人
但就是不知為啥搞砸了
原本內心堅持的良善
變得滿目瘡痍
我年輕時遇到這樣的事
常因缺乏經驗
陷進絕望的流沙裡

「天啊，讓我從這噩夢醒過來吧」
很遺憾那些剉賽的情境
最後並不是整人節目
但有一次我也陷在這樣的搞砸一切
百口莫辯的狀況
但一位溫柔的長輩對我說
「不要因為自己好的那部分
去懲罰自己」
當時我覺得
這是人類發明出來
最美的一句話了

小小的情意

我娘去安養中心探望她那位老姊妹
（就是年輕時是個大美人
後來中風傷到語言中樞的那阿姨）
和院裡的老人家聊天
其中幾個阿婆埋怨說
整天吃的餐沒有變化
嘴巴很饞啦
我娘惦記下了
回家要我姊煮了一鍋茶葉蛋
我姊的茶葉蛋超好吃
說是用日月潭紅玉紅茶
還放月桂葉薑
煮了兩天完全入味
我娘前兩天帶去分那些嘴饞的婆婆
每個都吃得笑呵呵
說來我娘是個很愛給人溫暖的人
那天回家聊起
我高中鬼混時
有個朋友，是真的黑道
當時我在學校若有也是外面混的來找我麻煩

這傢伙一出面就幫我擋下
但我幾次被記大過好像都跟他有關
我想一般人父母或會說是這傢伙帶壞我兒子
要兒子和他離遠點
但有次我這哥們跟我在學校頂樓陽台抽菸
說起他爸做生意失敗
落魄去火車站賣便當
說著竟掉下男兒淚
（那時對我很震撼
這老大可是平日非常凶惡的黑道啊）
後來我回家跟我娘說
我娘竟也紅了眼
後來這哥們要買機車
想找我娘幫做保
我娘說她不做保
但拿了那機車要的三四萬吧
說借他，但不用還了
我感覺我家其實一直都蠻窮的
因為我爸很重朋友
那都是當年一起逃難的鐵哥們
我娘好像從年輕
就幫我爸標會啦想辦法湊錢啦
支持我爸借錢（不還）給那些朋友
幫他們一個一個光棍結婚

我覺得他們夫妻好像把生活當話本小說《七俠五義》來
演
反而我媽和她自己的姊妹淘
好像女人和女人間
有一種比男人世故但又清醒的情誼
她們不會來亂向姊妹開口借那麼一大筆金錢
但很妙的是像課堂上女生手帕傳來傳去的小禮物
我們小時候家裡有的啥陳皮梅啦美國的巧克力啦
都是哪個阿姨又哪個阿姨給的
母親也是如此
都是小小的，非男子漢的手筆的
傳來遞去的
一直到老
手珠啊，小護身符啦，蜜餞啦，保健品啦
形成這些人生有的幸有的不幸的老姊妹們
一種亂針刺繡的傳遞情意的信物
即使到安養院
她因那美女阿姨認識的病友
母親和那些婆婆間
還是一種小小的但很用心思的小禮物小零食情誼
我覺得這很美啊

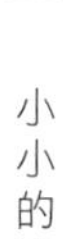

母親的海

我母親年輕時超愛旅行
但父親過世之後
她幾乎就不出門了
後來又動了一場換左右髖骨、膝蓋
的大手術
一開始都坐輪椅
她非常堅強，認真復健
從拿四爪拐杖
到終於可拄著拐杖走
父親過世十二年了
我那個愛遊山玩水，愛到處趴趴走的母親
變得不太出門
這兩年出門
都是我老哥陪著她
去不同的安養中心、醫院
探望她那些被人遺忘的老姊妹，或我父親的故人
昨天回永和老家
母親超開心跟我說
我姊上周帶她，和一群朋友
他們搭遊覽車去北海岸玩

她說得眉飛色舞，像小孩一樣
「看到那麼藍的大海，真懷念啊」
其實我四五歲的時候
我娘就帶著我
（印象中沒有我哥我姊，或許他們去上學了？）
在那個年代的交通運輸
搭公路局，一路顛晃
到基隆鼻頭角的海邊
那是我記憶中第一次碰觸到海水
眼前是一大片水光、浪的白沫
那時的海水乾淨到我還可撈到
水中螢光藍小珊瑚礁魚
那時沙灘真的能撿到超大的貝殼
想來是我年輕的母親
太愛大海了
可能某天請個假
就拎著我這小孩殺到海邊
母子踩浪、撿貝殼，玩夠了
再帶我搭公路局，回到家都已天黑啦
所以我小時候有個印象
就是大海的「海」這個字
是一個戴遮陽帽的母親
站在波浪邊

母親是我從任何文學 電影 圖畫

想像大海，嚮往大海之前

第一個帶我看海、碰觸海、聞見海的人

止痛丹

小時候
我母親告訴我
原本沒有要生我的
因為我阿嬤脾氣很壞
好像我娘生我姊的時候
我阿嬤為了一個很無理的事大鬧
我父親大怒
母親被夾在中間
她又壓抑氣急攻心
後來變習慣性頭痛
看各種中西醫都不好
人家說這叫「月裡風」(還是「月來風」？）
就是坐月子時傷到神
那病是深進骨內
不會好的
唯一的療法
是再生一個
然後這次月子好好做
就會治好
「所以你出生是為治好媽媽的頭痛喔

那痛起來真的像要死掉一樣」
我小時候聽到這說法
難免有些迷惘
是說若那時
我阿嬤沒亂鬧害我媽生我姊後頭痛
這世上原本沒有我這個人？
我是一顆止痛丹啊？
年紀漸大
我倒蠻釋然，自己的降生是當母親的治頭痛藥
我不是很喜歡當哥們的開心果嗎
有次我想起，問我娘
「那後來生了我，真治好妳那頭痛嗎？」
我娘說
「你啊，國中闖那麼多禍
高中整天被記過，我還要瞞你爸
接到教官電話，心都要跳出來，胃整個抽痛
從小也不能講你，要順著毛摸
然後又說要創作
又是開車跟人家相撞車全爛了
這兩年你生病
又什麼夜晚暴食症
我夜裡想到就擔心到不能睡
每天幫你念多少經迴向
說起來，這個擔心受怕啊

比當初要頭痛的頭痛幾萬倍喔」
所以我是一顆副作用讓她頭更痛、疼更多年的止痛藥嗎？

安靜的自轉著

昨天回永和老家
母親拿了一些台南真正老欉的柚子給我
說前天貓警官又來家裡
他非常沉默，老實坐在那老舊客廳
聽我母親非常開心找話題跟他聊
母親說
上回貓警官來
她對他訴苦說
家裡那許多父親遺留下來的老書
也不曉得要怎麼辦
那都是一些老中文系老師的經史子集藏書
父親過世十多年了
那些書家裡沒人會去讀
當放在老屋子裡
總是在餵白蟻
母親有一種
既像在看守父親那一生發癡
在全家窮困之際
還分期付款買那些大套書
（什麼《筆記小說大觀》《古今圖書集成》《大藏

經》）

還賣腳踏車給父親湊頭期款

自己愈衰老虛弱

害怕無法看守好那些父親的滿屋子遺書

母親也只是像對老朋友

說說這些苦惱

沒想到貓警官這次來啊

竟帶了一罐非常好的樟腦油

對著那些書櫃各個角落噴灑

又幫拿了一些衛生紙團

也浸了樟腦油，成為一坨坨大樟腦球

藏在書後

我說

「媽啊

這貓警官是藏書怪咖界有名的達人啊

還受過雜誌採訪呢

他自己家裡也是堆滿塞爆書

但都是現代文學啊」

母親跟貓警官說起

我前一陣家中小端和小牡打架

我去拉架

手被誤咬，傷口很深啊

貓警官則說出一祕招

說用裝了噴霧嘴的花灑

小狗們抓狂互咬時
拿花灑噴灑
有「降火」之功效
母親嘖嘖稱奇
她自己的一隻大拇指
幾十年前有一次
家中那時養了四五隻狗兒
也是狂咬失去理性時
她伸手去拉架
混亂中一隻拇指被咬斷了
母親跟我說
貓警官真是神人
什麼都懂
因為他自己養了五隻貓啊
而且他常騎著機車到山裡
餵食那些流浪野貓啊
但我的印象中
貓警官是個那麼靦腆、內向
我們約在咖啡屋
他話少得不得了的人啊

之前有提到
貓警官到我永和老家
會和我母親大聊外星人、馬雅文明、幽浮、月亮背面的
外星基地遺蹟

我母親快八十歲了
但她是雙子座
對這一切新奇的知識總充滿好奇
每次貓警官和她聊過哪個外星人必然存在的證據
她會在之後我回家時
像小孩子興奮的告訴我這些
「跟她念的佛經說的很相似的，外星人文明啊」
我母親說
「大貓說佛陀祂們其實就是某一支來到地球的外星更高文明」
老實說我聽得唬煞煞
但看我媽從腿動過大手術後
少出門了
而有「好朋友」來跟她講一些奇妙的事
她那麼快樂的樣子
我覺得好像有一個安靜的，人和人，修補療癒的系統
看不見的
我覺得人各自是那麼孤獨的存在
我母親童年非常悲慘艱難
後來遇到我父親，嫁給我父親
她到現在說起我過世父親
還是充滿對他人格的欽敬
但包括她，或我們小孩
其實無法真正理解我父親內心

那個古典中文世界裡的義理
後來我母親虔信佛教
老實說我也無法真正理解那個虛空
佛陀對著諸天菩薩說法的世界
我年輕時狂迷進入小說的世界
我想我身邊的人不會有人理解
我內心那像在深海打撈，人心暗黑瘋狂之境
是什麼樣的狀況
或是貓警官，在他的警局同僚裡
應就是個沉默的怪咖
不願聽長官壓力給可憐騎機車老人，或大學生情侶
亂開單
所以一直沒升官的人
沒有人知道他腦海中裝了那麼多奇幻的小說和電影
他知道那麼多外星人故事的無垠的星空
每個人都孤獨漂流在自己的世界裡
但很怪
它後來會以一種奇妙的方式
像遙遠的星體，那樣運行著
他們不會強迫你知道他們內在那個世界
安靜的自轉著
時不時給你個溫暖，溫柔的什麼
又默默轉回他自己安靜的軌道

環戊烷銀河

小毛驢

小兒子的學校課堂
出了個題目
「以XXX（一定要是動物）為師」
他說他的同學
有以螞蟻為師的
學習螞蟻勤勞團結的精神
有以駱駝為師的
學習駱駝刻苦耐重的精神
有以獅子為師的
學習獅子百獸之王的勇猛
有以貓頭鷹為師的
學習貓頭鷹的睿智沉穩（有嗎？）
總之
有老鷹、海豚、犛牛、大象（體重嗎？）、北極熊（不怕冷嗎？快滅絕也沒在怕的？）
各種動物

我說「那你呢？」
「我寫我要以小毛驢為師」
「小毛驢？？？？」他的父母兄都在餐桌失控狂喊
「你以小毛驢為師？？？」

「對啊
張果老也騎小毛驢
耶穌也騎小毛驢
李莫愁也騎小毛驢
聶隱娘也騎小毛驢
不是還有『騎小毛驢把橋過』嗎？
（我說是騎驢把橋過）
大家都騎小毛驢
小毛驢是動物界的TAXI之王」
「你是指學習小毛驢獨占計程車市場的車種嗎？」
「而且我想到『我有一隻小毛驢，我從來也不騎』
我就想到雷寶呆
我總不好寫我要以雷寶呆為師
我就轉一下，瞎掰我以小毛驢為師
其實我心裡想的是雷雷啊」
這個出題的用意
是訓練孩子們能在最傻的動物身上
都看出可師法的優點
這是超級正面能量訓練啊

打拳

小兒子最近在練氣功
每天認真摩擦他的兩個手掌
據說是他和班上另一小屁孩
下課去偷問他們理化老師
老師祕傳的練功方法
昨天
他對我的肚子打了一掌
「有沒有覺得熱熱的？」
「有吧？」
「有沒有覺得腸子在灼燒？」
我說「但我是之前就有想大便
跟你這一掌無關啊」
「算了
我這個氣功是跟微波爐的理論一樣
這一掌已造成您老內臟的分子開始沸騰
但這是很緩慢的事
三十年後你就知道了
到時你的腸子會像B.B.Q.一樣烤焦喔」
我說
「媽的

三十年後你爸我還活著就好了
就算到那時有一天
你這掌的氣功發作
我腸爆了狂剉賽
也是要你來幫我清啊」
小兒子想了想，或覺得不妙
「好吧
那我再補一掌」
他又蹲了馬步運氣
在我肚子又打一掌
「好了
現在還原了
你的肚子三十年後沒事了」

不在家

小兒子去參加了學校的「隔宿露營」
突然這個晚上家裡非常安靜
我們隔一會就會說「阿甯咕不在，真不習慣啊」
連小狗莫名其妙都因小主人怎麼沒回來過夜
非常焦慮
小雷趴著一臉憂鬱
小端則是一整晚唧唧叫
跑來啃我下巴鬍子
把我吵醒三四次
小牡則是跑去小兒子床中央尿了一泡
以牠的形式表達思念
我們都說
「以後要對阿甯咕好一點
他對這個家很重要啊」
第二天傍晚
他回來了
一臉去外面好好野了一頓的燦亮
嘰嘰喳喳講他和他的屁孩組員們幹的各種壞事
「爸鼻
我們把火燃起來後

我們都把那些肉啊什麼的
狠狠摔在鐵網上
說這是『拋打肉』
後來別組的都跑來我們這組玩拋打肉
說我們拋打過的烤肉特別香特別好吃哇
後來還把烤肉架砸垮了
發出燒黑炭的焦味」
「有一個值星官來宣布事情
我坐他正前方
太睏了，就托腮睡著了
害我們班被扣了兩百分」
之後我又看到他從書包扯出一堆
感覺是小一小二小屁孩郊遊才會帶的
新娘花炮、蜂笛氣球、水槍之類的垃圾玩具
我想，他哥、他媽和他爸我
心情都很像什麼古時候的江洋大盜的家人的心情吧
當他不在家
我們都帶著淡淡哀愁懷念著他
他媽的那個時候
他可是快活得不得了
帶著他的兄弟們
爽快幹著各種壞事啊

Dear John

小兒子今天跟我回憶
他小二或小三時
曾被我送去一課後安親班
那一班有三十個小朋友好了
每個小朋友都有一個英文名字
因為他之前沒上這個安親班
剛好有個人叫做John
那時剛好退班
老師就說那你就頂上，用這個John的名字好了
小兒子說「我就那樣無辜當了半年的John」
「這老師也太混了吧
那你本來的英文名字叫啥？」
「叫Zebra」
「啊？」
「那是我幼稚園時的名字
因為我最喜歡斑馬
後來到了小五還小六
就是在我是John之後
有一次去一英文班（後來因蹺課太多就沒去了）
我說我叫Zebra，被大家笑

我就改一個很一般的菜市場名」

「叫啥？」

「Funny，剛好我叫方甯嘛」

「哈哈，這沒有比Zebra不好笑嘛」

「但比John好吧？」

「比John好一點」

「爸鼻

你知道我為什麼想起多年前

我曾經叫John這件事嗎？」

「為什麼？」

「因為我們老師教我們唱一首英文歌

叫Dear John

一邊唱我一邊想

欸我曾經叫John耶

然後老師突然問

我們班有沒有曾經叫John的

居然幾乎所有男生都舉手」

我跟他說

「名字這回事

好像很重要

好像也沒那麼重要

很多年前我亂跑去一個算命攤

他很固執，一直說我這名字

筆劃不豐美，會多吃很多苦

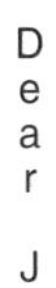

我說那怎辦
他便要我改名
改什麼名呢？
他查了書
配合了最好的五行相生相剋
建議我改名叫『駱勇志』
我是沒聽他的啦」
這算是我們父子難得的交心時光
但到了晚上
我叫小兒子去拖狗尿
叫了三次他都不理我
後來我忍不住喊
「John，快去拖狗尿」
沒想到他竟回我
「勇志，你先拖一下啦，下次再換我」
被兒子這樣喊
我心裡想，還好老子當初沒聽那算命仙的話

壞人

小兒子問我
「爸鼻
這世上有所謂的壞人嗎？」
哦？小夥子會問我人生的大疑惑
我從好多年前就在等這一展長才
舌粲蓮花的時刻
只是你們兄弟都不鳥我
只當我是家裡一隻撿狗屎機器人
（我開始作伸展操、脖子三百六十度旋轉
發出喀啦聲、引體下彎，雖然摸不到地面
摸摸膝蓋）
「咳，這是個很有啟發性的問題……」
我心裡想好的演說稿
就是
所謂好人，壞人，都是相對的
對某人來說，讓他快樂愉悅的就是好人
讓他痛苦仇恨的就是壞人
在一種亂數，較大計量的很多人
因為你而得到幸福快樂
但一定也有少數人痛恨你

這就相對好人
反之……
但我心裡突然冒出一個聲音
「停！怎麼可以這麼沒創意呢？
這不是我小時候問我媽同樣的問題
我媽當時就回答我這樣的答案嗎？
怎麼我白活了五十年
有一天兒子來問我
我回答一模一樣呢？
應該要有創意吧？」
譬如說
我要說
「有壞人！
其實你爸爸我
就是江湖人稱『十惡不赦，頭上長瘡腳化膿』壞透了的
壞人，只是隱姓埋名，抓了兩個被我滅門之家的小孩，
來假裝是我孩子……」
哈哈，我若這麼說
這本日對老爸不尊敬的逆子
一定嚇到閃尿！
真爽
小兒子說
「爸鼻
到底這世上有沒有壞人啦

你為什麼自己在那邊傻笑流口水？」
「唔？壞人？當然有壞人
像我高中那個教官
就壞透了……」
我開始跟小兒子歷數三十多年前
我在這教官那受到的羞辱、傷害、被耍婊、委屈
過了一小時嗎？
我發現又是只有我自己一個人在客廳沙發
暢爽的演說
「這傢伙真他媽壞！」
小兒子不知何時早溜回臥房睡覺了
只剩三隻小狗很忠實圍著我
但牠們也一臉打瞌睡
啊？啊？
早知道就不要管什麼創意
就第一時間很帥的回答那第一版本
就好了
我一站起身
小狗們全如蒙大赦就地解散
跑去找小主人了
我聽到小兒子對小端說
「小端
妳敢再尿我床上一次
我就尿妳

（原本他或想說

「我就也尿妳的床」

後來約是想不對

小端每晚睡的床

不就也是他的床嗎？遂改口）

我就也尿妳的……飯碗！

小端妳是沒見過壞人喔」

青春尾巴

小兒子明天要去畢業旅行
只見他裝了一大行李袋
塞滿大支鯊魚水槍一把大象灑水壺
一堆塑膠球、一把雞毛撢子、手電筒
一盒花炮、假蟑螂
我訓斥他
「你多大的人啦
這跟幼稚園小屁孩的旅行包有不同嗎？」
他說
「爸鼻你不要吵
我跟我的好朋友們
要抓住最後的青春好好燃燒啊」
晚飯時
我和他們說起前兩天
我回永和奶奶家
恰好南京的以明阿北打電話來
他是個老人了
但非常溫暖傳統
說是中秋打來問候我母親（他說「媽媽」）
我曾告訴兩呆兒

將來哪天我帶他們去南京

他倆是「方」字輩的

在那邊輩分可高了

譬如我是「以」字輩的

因爺爺也是老么（他大哥大他二十歲）

我父親當年又是逃難來台灣

到四十歲才又娶我娘

我又是老么

到大陸去

那邊喊我「小弟小弟」的堂哥他們都是一些八十歲老先生啦

我在那的輩分可是小叔爺啊

我父親在世時，非常重這個家譜

總之駱的第二字

一定要照那家譜

「傳家以方　克紹@#」（我忘了後面是啥，很長的一串）

小時候我就跟兩呆兒說過

將來他們的小孩

一定要取名叫駱克什麼什麼

他們胡鬧「駱克人」「駱克星」「駱克拉」「駱克馬」

「或就叫駱克史賓諾莎？」

當時還被我臭罵一頓

但這次和他們說起

以明阿北電話中說
我的大侄子方回（「方」字輩的也就是和兩呆兒同輩）
他的兒子克奇（照族譜是「克」字輩）
身高一米九啦
而且已是大學生啦
沒想到小兒子老氣橫秋地說
「小夥子敢長得比我這個小叔高
看我下次去南京好好訓斥他」
我說
「你現在又覺得自己是老前輩啦
不是燃燒什麼青春尾巴嗎？」

挖跪

今天和兩呆兒

與我娘我哥我姊聚餐

我姊說起當年念國中時

教室的窗外就是學校圍牆

有一次英文課老師考聽寫

老師在台上說

「invention」

牆外就有個阿婆用擴音喇叭很大聲說

「挖跪！！」

老師說

「invitation」

阿婆擴音器就說

「低會跪！！！」

老師聲音有點顫抖了說

「international」

阿婆擴音器又大喊

「菜逃跪！！！」

老師終於生氣了

對著窗外喊

「不要說了，說得我都餓了」

兩呆兒聽姑姑講
哈哈哈笑得好開心啊

才華

從兩天前
小兒子就陷入一種非常痛苦的狀態
照他的說法
就是他被同學們陷害
要去參選一個（實在我也不知那是啥）
類似好學生的比賽
就是在星期二的這天朝會
各班被同學陷害出來參選的好學生
都要上台做一段自我介紹和表演
總之對國中生來說
不外乎唱歌跳舞吹彈樂器
小兒子非常痛苦
他說「我沒有才藝！！！」
我建議他去看看日本的《超級變變變》
我跟他說那個假裝在另一空間打桌球還有慢動作
那個超厲害

還有一個找黑衣人假裝李小龍飛踢隻腳的
也很厲害
他非常生氣
「我現在弄那個來得及嗎？」

後來又建議他上台說一段
吳兆南魏龍豪的相聲
他超會記那些台詞
他說
「我去說那個
現在國中生他們會覺得你是怪咖
會被霸凌」
總之
晚上他就一直祈禱明天放颱風假
沒想到後來真的宣布放颱風假了
「耶斯！！老天爺你對我真好！！！」
這世上竟有這樣讓他像泥鰍溜滑過恐怖上台的事？
原來他這廢材的才藝
是祈風禱雨？
也就是《X戰警》裡那個氣象女的特異功能嗎？
我生命中有無數個譬如明天要大考或老師要抽人上台背課文
或任何我很恐懼害怕的場面
我做任何祈禱都沒成功過
每一次可怕的大場面
都風和日麗，如期
甚至我總在一些不能出錯的重要時刻
都會遇到我自己也不敢相信的賽從天降
莫非

我的兒子跟我命運相反

是個好運的人？

我把他叫到書房

「阿甯咕啊

你幫爸爸禱告看看

看爸爸下一本小說能否充滿才華啊」

「才不要

以前我小時候你還叫我去幫你簽樂透

怎麼有這種爸爸

想偷用兒子配給到的好運？」

大耳蕈

「大耳蕈
快來吃飯喔」
「大耳朵香菇
您老不准再在Youtube看那些呆瓜整人節目
然後在書房一直笑」
大颱風天
一直被不孝子喊
「大耳蕈」「大耳香菇」
心裡不太爽

事情是這樣的
我今睡到中午起床
發現外面風雨還好
心裡掙扎一番
還是收拾書包
決定出門去咖啡屋寫點稿
看見大家，包括小狗
都頹廢的窩在家裡
我說
「這樣的颱風天

爸爸還要冒著風雨出去寫稿
我真是納爾遜啊」
這個納爾遜是我這輩人小學課文裡
一個英國小孩
話說下非常大的暴雪
納爾遜這小孩還是堅持出門去上學
課文好像說這個堅持不鳥惡劣天氣的小孩
後來當了英國的海軍上將
可能是後來的課本改過了
兩呆兒似乎不認識我口中這位
納爾遜將軍
我回家後
就聽到小兒子一直喊我
「大耳朵香菇」
「為什麼這樣叫你的父親？」
「您不是說你是一顆『大耳蕈』
颱風天還要跑出去
找你的大耳朵同類嗎？」

邪魔歪道

小兒子最近和好友迷上一本書
《符咒大全》
晚餐時他非常開心和我們分享
有啥「清淨咒」「催神咒」「五雷咒」「小兒夜哭咒」
「那是什麼啦？」
「那有沒有『減肥咒』『不會夜晚暴食症咒』『小說寫的啵兒棒咒』？」
「爸鼻
你要小心喔
要對我好一點喔
否則我要研發
『無限變肥咒』『小矮丁咒』『小說寫得低智商咒』喔」
我又困惑又不知如何以對？
從小鼓勵他們讀書
「什麼雜書都好，只要別沉迷打電動」
或許以前年代的父母
會擔心兒子讀政治禁書惹禍上身
或是如我高中時同學借閱的「小本的」
（當然他的年紀還未到）

但是，什麼是《符咒大全》啦？
擔心他學壞，吸毒，或是變不正直的人
但沒想到他來這手怪的？
難道他將來想當道士？
我完全抓不到要用什麼態度
隨口說一句保持為父的尊嚴
「別去搞那什麼邪魔歪道的……」
沒想到被反嗆
「爸鼻
您老那天還在電話跟你朋友
說什麼『人類圖』
還在問什麼是『脊椎骨人』什麼『輪迴交叉』
我看你才是愛邪魔歪道咧」

模範

英國《地鐵報》（*Metro News*）報導，美國哥倫比亞大學護理學院感染疾病專家拉森（Elaine Larson）表示，以細菌學的角度而言，拚命洗澡可能會洗去健康油脂和好菌，裂開的皮膚也可能使細菌入侵，建議每週洗1、2次澡就夠了。

小兒子說
「耶！！！！
爸鼻
世界新知不斷證明
不愛洗澡， 被媽迷罵是髒鬼的
我們兩個
最後是模範啊！！」

上輩子

我們要如何把這濕雨巷道
牆頭漫出的綠光
像一幅莫內的蓮花
攝印在澄明的心裡

從咖啡屋走出來
竟在小運河般的巷子
遇到淋著雨的小兒子
可能去找同學
然後一路玩耍回
我把他叫到我的傘下
很奇妙我們是怎樣的緣分
當上了父子
走在這片春雨天光裡
也許上輩子是個胖和尚和他的猴子吧
小兒子說
「爸鼻你在笑啥啊？」

壞學生理論

小兒子這次段考算考得不錯
今晚回永和老家時
跟我娘說了這個消息
竟然我娘我哥我姊都爆出了歡呼
「祖墳冒煙啦！香案上的香爐發爐啦！！」
我們非常像劉青雲和吳倩蓮那部
《傻瓜與野丫頭》
眾人爬到山巔，狂呼亂吼
感動得滿臉淚水
小兒子後來很不好意思說
「以前葛格有一次考我這名次
他好像是數學有一整面填錯答案卡
還氣哭了
為什麼我考這名次
奶奶他們開心成這樣？」
我說
「哎，這就叫壞學生理論
譬如小端總跑到我床上尿尿
忽然有一天牠忘了尿
我們全會說

小端，你超乖！真是乖狗！！」
我看我娘開心成那樣
老么爭寵之心出現
也跟我娘說
「那天去他們阿嬤家吃包潤餅捲
我包得像眼鏡盒、德軍手榴彈
那麼大個兒
我吃了十四卷
好像創了他們家有史來潤餅捲最高紀錄」
我娘露出擔憂的表情
「哎噢，是一駕D（台語）咩？？
吃十四卷是嚇死啊」
小兒子突然插嘴幫我說
「爸鼻今年很收斂
他以前都吃二十卷」
我娘說
「是噢？十四卷還是比較收斂啊？」
後來小兒子對我邀功
「你看我用壞學生理論救了你啊」

奶奶疼孫

帶兩呆兒與奶奶吃飯
我母親看著兩孫兒
滿眼都是歡喜
「真是他們媽媽的功勞
你這個鬼混的，沒個老子樣的
怎麼兩孩子長這麼好？」
奶奶寵孫子
這是沒得說的

做兒子難免討個乖
「我也不錯吧」
我娘不理我
說當年我父親中風臥床
不能動
每次我抱小北鼻時的阿白去醫院看他
爺爺都笑得眉開眼笑
連護士都說北杯
你孫子跟你長好像喔
爺爺就開心一直笑

這時我怎麼腳色有點像賈政
我娘像賈母？
我說「母親大人太疼孫子
您兒子有點吃醋啊」
母親說
「兒子是我的兒子
孫子是乖
難得現在小孩
還和奶奶那麼親」
然後問他們有沒有抓寶可夢啊
又聊起我小時候永和養的狗
兩呆兒也跟奶奶討論小端、小雷、小牡
還跟奶奶告狀我晚上都在看低智商綜藝節目
他們祖孫聊得很歡
好吧
看我娘那麼開心
老子我就不和兩屁孩計較啦

社團

晚飯時
聽他們母子在聊小兒子參加的學校社團
對了，我還不知道
這小屁孩在學校參加啥社團呢
我便湊過耳朵去聽
「阿甯咕你是啥社團啊？
別像爸爸高中時參加的『西瓜棋社』啊」
「我是『閱讀—閱讀』社」
「那是口吃嗎？為什麼要唸兩次？」
「因為我們學校的『閱讀社』是一很大的組織
他下面又開了很多分舵
譬如『閱讀—三國演義』社『閱讀—奇幻文學社』
『閱讀—武俠小說』社
而我的那個是沒指定的
就大家自己帶書去看
所以叫『閱讀—閱讀』社」
「受嘎」我無限神往
「就像爸爸若在以前時
應是『廢材—廢材』的概念嗎？」
我又忍不住嘴賤「那有沒有其中一個叫

『閱讀—駱以軍』社呢？」

不想這次是沉靜的大兒子放了冷槍

「我們以前學校

從不會開『親子軟性散文』和『大叔冷笑話』

的閱讀社團」

媽的，我的路數是嚴肅小說好嗎？

風簷展書讀

每個文人在他的時代
他的祕密時光
都是第一次
這是我愛波拉尼奧之處
一種延續的，對於
人類為何瘋狂，為何在暴力下失去人的形狀
站在曠野看著卡車車燈遠遠一列，像深海的螢光魚
這是我愛張愛玲之處，愛顧城之處，愛瑞蒙・卡佛之處
我愛曹雪芹之處
他們破綻處處
活的左支右絀
作品在生命終結前
始終沒畫下句號
始終在湧出內在那些痛苦、晶瑩的玻璃屑
但如同石黑一雄的《浮世畫家》
如同葛拉斯的《剝洋蔥》
我很喜歡，尊敬，盼望有這樣的作者
還是沉靜地回去反芻那
第一次的歷史裡，自己做了某個選擇
但在無人知曉的後來流光裡

祕密的內在
是怎樣的第二種、第三種
「如果上帝再給我再一次機會
重來一次選擇
我會怎麼做呢？」
怎樣更純淨的面對書寫這件事？

我站在我家公寓窗前
看著外頭
冬陽竟整片灑金
其實空氣凍得臉頰像冷凍庫的硬凍魚
我說
「風簷展書讀啊」
小兒子正要出門上學
在鞋櫃前穿鞋
他說
「爸鼻……」
我說
「我知道你要說什麼
『古道烏龍茶』對不對？」
「你怎麼知道？！」
「媽的，我是你爸
今天不要亂開玩笑
算命老師說你十八歲前不能騎腳踏車

不要偷偷去騎YouBike喔」
「你怎麼知道？？」
「都說了，我是你爸」

晴天娃娃

冷雨下不停
小兒子非常焦慮
因為後天就是他們的園遊會
他們的「咖哩巴巴與綠豆大盜」攤位
這陣子可是同學們嘰哩咕嚕
臉書通訊
採購食材試煮，試吃
當天攜帶鍋碗瓢盆去學校的人力分配
萬事俱備
只恨雨不停
我今回家
看見窗上掛了個怪布偶
「這什麼啊？？
嚇死人了
墨西哥的詛咒布偶嗎？」
小兒子說
「爸鼻你不要吵
那是我做的晴天娃娃！！」
（我不敢接口
心中OS

這種晴天娃娃，長這樣？

會打雷又颮風吧）

擺攤

小兒子清晨提著兩鍋咖哩肉醬去學校
我目送著他出門
心裡莫名一絲酸楚
怎麼好像顛倒過來
像他要趕早出門做小生意養家
不想到了九點
才真的要開始賣
他母親就接到電話
他們把其中一桶煮成ㄔㄠˋ灰搭了
剛開始他們還硬賣
「後來受到很多顧客抱怨」小兒子說
於是他媽又趕加班炒肉炒洋蔥燉馬鈴薯紅蘿蔔
最後加咖哩塊
熬製一鍋新的
趕送去學校
晚上我看他很疲倦的樣子（做小生意真的不容易啊）
好奇問他
那別攤賣些什麼啊
「就超多烤香腸啦、肉粽啦、茶葉蛋啦、綠豆湯啦
百吉棒棒冰啦、王子麵啦」

他們的咖哩賣光了，但綠豆湯大滯銷
「一些校外的老北杯跑進來看熱鬧
一問綠豆湯不是熱的，就不要
年輕人呢，一問不是冰的，也不要」
他們的是溫的
「後來我和兩個同學到處促銷都沒人買
我們經過校長室，大著膽子進去跟校長促銷」
我說「結果勒
校長應該很捧場買一碗？」
小兒子說
「校長說
饒了我吧
已經十幾攤的同學要我買各種食物
我已經快撐死了」

討拍

有時我會為指揮小兒子拖狗尿
而和他吵架
之後和解時兩人都有些下不了台階
今天回永和
又聽我娘說了一些父親從前
義薄雲天幫助許多他哥們的事
我突然有一種樹欲靜而風不止的感慨
我問我娘
「妳生了我這兒子，妳滿意嗎？」
我娘說
「只要你把身體弄好，我很滿意啊」
回家後
我看小兒子氣消了
我問他
「你被我這父親生到世上
你滿意嗎？」
小兒子說
「生我的是媽迷又不是你
你這是討拍嗎？
好啦還OK啦」

他，他，他為什麼會說「討拍」這種話
這孫子的品格比他奶奶差

談判

小兒子今天一上午就非常浮躁
一直想跑出去
支支吾吾
我追問之後
原來他要去永業書店買一顆籃球賠同學
「事情是這樣的
有一天
我和我的一群麻吉在打掃廁所
那同學拿他的球要我幫他顧一下
我一時調皮
腳亂踢一下
沒想到把那球踢進小便池
我就跑掉了
那同學有潔癖
最後是我們幾個要賠他」
我說
「那也是活該，要賠
但是多少錢的？」
小兒子說
「很扯，那同學說他的球最開始是九百塊的斯柏汀

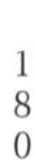

但以前他一個同學把它弄丟了
賠了一顆山寨的，可能是一百五的『斯柏噹』籃球
我踢到尿池，而他不肯要的
是那顆一百五的
但他要我們賠他本來的那顆」
我對於這些小屁孩之間的談判
覺得又耍婊，但又老實呆氣
就由他了
（免得他又敬我一句「做大事者不糾結」）
我心裡這麼想
「怎麼很像大人偷了人家一個很醜的女友
他說他上個女友超正
要你賠超高遮羞費嗎？」
但我不敢把內心這齷齪想法跟小孩說
後來他跑去買了一顆六百元的
算是奇怪的折衷
我後來才想
他怎沒向我要錢？
原來這小子瞞著我偷藏私房錢

採訪

小兒子學校有個作業
叫做「採訪某人的職業」
把親族的人想了一圈
想到阿公阿嬤奶奶
若是被他採訪
一定會因為太喜歡，有機會跟乖孫哈啦
原本採訪只需五分鐘的內容
會被老人們抓著無限感懷的哈啦一晚上吧
連做爸爸的我
若是他要採訪我
一定也狂吐苦水，炫耀這行的不容易啊
小兒子想想很害怕
鬼混的他並不想把這作業作太大
「我想我去採訪天奇叔叔好了」
這位天奇叔叔
好像是他們外婆的後生好友（鄰人嗎？）
常受阿嬤之託，送水果給我們
（因他有騎摩托車）
但有時我們不在家
他會把整袋水果

綁在我們鐵門把手上
但我們回家開門時
小狗在裡頭非常激動亂叫
而我們又怕對門鄰居不爽
總想急急開門進去
但這天奇叔叔綁的結
手法極高明繁複
我們通常在這手忙腳亂時刻拆不開
聽說是某種高難度的童軍結
我通常就拿出打火機把它燒斷
小兒子說
「我要採訪天奇叔叔
請問您是從哪兒學的繩結啊？」
我怒斥他
「他只是好心幫忙送水果給我們
他的職業並不是打繩結！！」
後來我進書房想了想
又出去對他說
「你說得對
也許他是個好心幫阿嬤送水果來的人
但說不定值得問的
是他真的是個打繩結藝術家啊
你爸的行業
其實好像也是這樣啊」

奶奶的家書

我母親每周會交給我一疊她寫給孫子阿白的家書
因為上了高二
課業比較繁重
大兒子便少隨我每周回永和看奶奶
但每次我從奶奶家回來
他第一句一定問
「奶奶的家書呢？」
母親眼睛不好
但每次也都寫好幾頁信紙
感覺像祖孫倆在寫情書
而且他們倆不准我看
我想我是其中一人的兒子
另一人的爸爸
因我是信差
我非常痛恨偷看別人的信
但我今天忍不住偷看了一小段
我娘寫著
她少女時期家裡非常窮
當時她念夜間部
白天要去銀行工讀錢要貼補家用

放學後再回大龍峒的家裡
轉兩班公車
還要走很遠的夜路
她常非常害怕
後來有一天
她真的存夠錢買了一輛腳踏車
她非常開心
之後就可以騎腳踏車上班上學
那時台北沒什麼車
也比較暗
有一天
她騎到一半
被警察攔下
因為沒裝車前燈而被那警察訓斥一番
但之後，她因為只會下車，不會上車
通常是請人幫她扶著再踩動
所以那天只好推著車走非常遠到學校
「好狼狽」我娘在她寫給孫子的信中這樣寫著
又寫到有一天
當時中山南北路跨過忠孝東路的「天橋」
（現早已拆掉不存在了）
剛造好落成典禮
那時的台北市政府辦了一個
那天的中山北路全線淨空

沒有一輛車。所有報名成千上萬輛腳踏車
大家騎上「天橋」然後一路騎到圓山
（我想場面可能很像現在的路跑吧？）
我娘寫著
身邊全是騎腳踏車的人
像河裡的魚群，或整批飛的水鳥
然後
少女時期的我娘
騎到一半突然沒力了
要等後面的救護車啊
但不斷擠著的腳踏車從身邊超過
人太多了
她不能停下來，會擋到大家
這時有個阿北
非常勇健的，一手拉著我娘腳踏車的龍頭
只用一手扶自己的腳踏車
這樣拉著我娘的腳踏車
一路騎到終點
（我想這就是電動自行車的概念吧？）
我娘寫著
「奶奶都不用騎，那樣吹風前進好涼快喔」
「結果你知道嗎
第二天我去銀行工讀時
發現那個幫我的阿北

就是我們新來的科長」
我娘寫著
「這是奶奶少女時期的糗事
但六十多年過去了
奶奶覺得好懷念啊」

這原來就是我娘每周寫給我大兒子
的祕密家書的內容啊

伴君如伴虎

小兒子眼鏡的其中一個鼻梁墊斷掉了
就是掉落後像一顆豆豆
這傢伙自作聰明
去買了快乾膠
亂黏回去
沒一天果然又斷了
我們拿去眼鏡行修
老闆說沒得救
那框這樣就掛了
可以保鏡片吧
沒想到他拿一支小鉗子
用力在那掰
卻無法掰開
原來這小混蛋不知怎麼弄的
那快乾膠把鏡片和鏡框的貼合處
黏得死死的
老闆後來硬出力
鉗子竟然散架了
那鏡片也破了
只好整個重配一副

我非常生氣訓斥他
「你看你亂弄那快乾膠
現在又要無緣無故花一筆錢！！！」
回家後
小兒子對我說
「爸鼻
你不要在外人面前
說出讓自己兒子沒面子的話好嗎？」
我說
「這你就不懂了
以前爺爺就是這樣
在外人面前
當然要罵自己兒子
我不能露出『啊，你怎麼把我好好鏡片弄破』的樣子
啊」
小兒子說
「對嘛
我也覺得是那老闆把我好好的鏡片亂剪破」
我說「放屁！！！人家是專家
就是你弄三秒膠把眼鏡弄壞的
還想跟我同仇敵愾
想賴人家？」
小兒子說
「唉喲，爸鼻您怎麼這麼拍到ㄅㄧㄣ？」

然後他說了一個我從沒想到會用在我身上的成語
「我真是伴君如伴虎啊」

環戊烷

在路上聽兩群國中生在互鬧
一個罵著另一個騎在腳踏車上的
「妳去吃假碗啦！！」
那女孩回嘴
「你啦，你不看看自己長得像餅碗啦！」
我不解其意
小聲問身旁的小兒子
「他們為什麼要罵對方什麼碗？」
小兒子也小聲跟我說
「他叫她去吃甲烷 CH_4
就是叫她去吃屁的意思
她回罵他是丙烷 C_3H_8
液化石油氣
就是說他是一桶瓦斯的意思」
我惘然又佩服
「你們現在小孩是這樣在罵人啊？
那如果是你
會想罵爸爸什麼呢？」
「環戊烷」
「那是什麼？！」

「C_5H_{10} 可以當溶劑喔」
幹，這時我有點後悔自己年輕時
鬼混，亂混，功課太爛
有一天你兒子在跟你亂屁時
而且你分不出他在罵你，你是不爽
還是該開心這廢物兒子
有他懂你不懂的
你什麼也接不上話啊
「溶劑？
好吧
爸爸是小端、小雷、小牡，打架咬在一起時
狗兒和好的溶劑吧」

跟爺爺說

我一直以為小兒子上了國中後
人變得比較成熟穩重了
今天無意翻了他的課本
發現狗改不了吃屎
他還是一樣的無聊和呆
我非常生氣
「為什麼把徐志摩先生改成豆豆先生？
還說徐痣毛
你這課本要是被當年的爺爺看到
他一定會氣得在祖先牌位前呼我巴掌
說我為何生下你這業畜！！」
小兒子說
「好漢做事好漢當
爺爺如果託夢
我會告訴他
我一個同學也是亂畫課本
他還畫成徐志摩在打麻將
然後改成『徐自摸先生』耶
爺爺應該比較好受
好歹我不懂打麻將啊」

我心想

爸爸

還好您臨終前

看到的

是這孫子還是小嬰孩

在您床邊爬來爬去的可愛模樣啊

臭屁屁

在醫院門診等候座椅
聽一個比我小十歲的父親
跟他約四五歲的女兒說話
「所以啊
人一定無論如何
都要臭屁屁的」
那小女孩說
「為什麼都要臭屁屁的呢？
屁屁要擦乾淨不是嗎？」
我在一旁
不知他們是父親或女兒誰生病了？
不在場的母親呢？
很想跟那女孩講
「妳爸的意思是
我們人啊
無論遇到什麼逆境，再衰的事
都要臭臭屁屁，抬頭挺胸好樣的
妳有個好爸爸啊」
回家後
把這感人的所見跟他們母子說了

小兒子突然對聯

「雖然都破雞雞了

仍是要臭屁屁啊」

他在安慰我嗎？鼓舞我嗎？

還是在訕笑他可憐的父親？

我齒冷地問

「有橫批嗎？」

「有！！！」

「謝謝你紙尿褲」

是說我大小便失禁嗎？

「老子……老子跟你翻臉！！！」

吹犀牛

小兒子偽造的寒假作業「運動」項目
為了顯得創新
竟寫了「蹲馬步」「舉啞鈴」「練丹田」
雖然我想我的血液
確實有吹牛不怕吹成犀牛之遺傳
但我忍不住還是在簽名時
忍不住碎碎念
「可不可以掰正常一點
比較像的運動好嗎？
你乾脆寫『攀岩』『鐵人三項』『和父親相撲』？」

質問

小兒子說
「父親！」
他突然這麼喊我
讓我受寵若驚
然後他說
「又到了
您偷兒子紅包
讓兒子枕頭下只剩很多乾癟空紅包袋
跑去買刮刮樂
然後大罵政府、彩券公司
是詐騙集團的
時節了嗎？」

家教老師

我問小兒子
這世上，你排行「三大惡人」
是哪三個？
小兒子毫不考慮
「爸鼻，葛格老師，光老師」
我就不用說了
後二人正是他不同時期的家教
而在生存鬥爭後
不但不被他的耍婊鬼混所騙
而且像如來佛對孫悟空
吃死他的所有尿遁，哈啦，裝病
（其他的家教則都被他呼嚨得沒轍）
葛格老師是我們家水族館的教練
他真是水族達人
我家頂樓那七八十盆植物
當初扛土上樓
換大盆
一半是他幫弄的
小兒子後來那麼愛養蟲怪動物
都是這恩師啟發的

兩兄弟很小的時候
他會帶他們去陽明山挖土裡的鍬形蟲
他曾帶一整盒從螵蛸裡爆出的
幾十隻像小蝦米那樣的小螳螂
他教小兒子製作昆蟲標本
有一次他帶了兩隻他養的小刺蝟來我們家
阿白和阿甯咕的游泳就是他教的
說來他是我麻吉，阿甯咕的剋星啊
後來葛格老師結婚了
這兩年連生兩個兒子
也走上了當父親的悲催之路
我想過幾年
換阿甯咕去當他兩兒子的「葛格老師」
這就叫「易子而食」嗎？
光老師比較嚴肅
當年在文藝營認識
是文青
但我一聽媽的台大化工碩士
馬上拜託來幫阿白（那時阿甯咕還小）補數學
他非常正直
阿白頗乖
但阿甯咕總用爛招，他都不會被騙
有一次他甚至跟我說
你們阿甯咕我帶不來

看是否另請高明？
嚇得我忙求他別走！！！
他每次來
我家三隻小狗（見過的人少，極宅）
就愛這光老師愛得不得了
他後來在一科技公司上班
但一休假
會去參加那種到蒙古種樹
或去柬埔寨幫小孩上課的義工
這些年也變一個旅行狂
我覺得很幸運
我的孩子在不同時期
遇到這兩位老師
（當然其他還有超可愛不同家教女老師啦）

太史公

家裡水族箱裡
兩尾黑魔鬼
一隻阿黑、一隻阿魔
阿黑昨晚異常跳出水面
然後奇怪的豎立著
今天終於死了
小兒子很難過說
「嗚，網路說黑魔鬼壽命可以到十七八歲
可憐的阿魔
它要守十幾年的寡啊」
我聽出話中有話
「不准！！！絕對不准再給我去買一隻黑魔鬼
來陪阿魔
那阿魔有天掛了
我們又要買一隻來陪那隻～」
小兒子說「阿鬼」
「沒有阿鬼！！！
我們讓阿魔靜靜過完思念阿黑的殘生
等牠掛了
我要重建魚缸

要養別的漂亮小魚和水草
我不要一輩子都養這黑魔鬼
而且媽的當初是你吵要買
後來都我在餵
我在換缸！！！」
小兒子說
「沒人性的太史公」
啊，這一掌打中我了
因為我最近很慘
雞雞下面破了個洞
醫生說是藥物過敏
總之很痛苦，又都不好
走路很像丟衰啊～
兩不孝子走前面走很快
我蹣跚在後面跛著喊
「慢一點啊！」
小兒子說
「走快點啊
破雞雞超人」
我好想打他
但我又嘴癢，忍不住接

「別跑！！
吃我一發破雞死光！！」

多年以後

睡前和小兒子無聊鬥嘴
突然發現「多年以後」這個詞非常美
原本是我為他講了一萬遍
要自己洗便當盒
但從未洗過
都是其父母洗的
「多年以後啊
阿甯咕終於成為一個自己洗便當盒的人啦」
小兒子說
「多年以後，爸鼻終於變成一個不夜晚暴食症的人啦」
然後他開始玩起來
「多年以後
雷寶呆成為萬眾心中的雷神大帝」
「不會吧，牠是被閹過的耶」
「多年以後
小端會成為端太后
每天退朝後
回家還是霸凌小牡」
我說
「那太慘了吧

那時小牡也很老了吧？
總不成霸凌了這一生？」
「好吧
很多年後
小牡終於學會了隱身術
讓小端找不到牠」
「那小端的個性，反過來會想牠吧？」
後來他睡著了
我繼續在想著「多年以後」這個發語詞
年輕時人人都學馬奎斯《百年孤寂》那個開頭
這個年紀想來
這個詞，好美又悲傷
「多年以後曼禎還記得她和世鈞在街上走著
說話但什麼也沒說的那一次」
「多年以後，我都還記得你說無論我做多壞的事
你都會原諒我」
「多年以後，那隻太空小狗，仍在地球的軌道漂流」
我心裡想著我自己的版本
「多年以後
阿白和阿甯終於都成為非常滿意自己這一生的老人
他們看過了非常多的美景
得到了超豐富的生命經驗」
這真不賴
多年以後啊

希望天空變得乾淨了，海洋還是那麼美
我愛的哥們都仍充滿力氣
會憤怒但不會恐懼，會爭吵但不會瘋狂
說出的夢，是兩眼發光而非虛無撒謊
知道傷害所在而願意修補
願意沉靜思索每一個不容易的下一步
當然會累聚一點一點的恨、失望、疲憊，或放棄
但正因有「多年以後」這個詞啊
將來的人翻撿我們現在活過的痕跡
是閃閃發亮的結晶礦石珍珠，或漂亮的節理
而不是一坨坨爛泥渣

鉛球

最近高血壓（高到一百七）
有去醫院檢查
頭始終暈眩
一些約會都取消了（對不起哥們）
這兩天吃了降血壓藥
降到一五五
妻去買了一台血壓器
大兒子幫我量
小兒子說
「爸鼻你身高一七七吧？
體重一百（？）多吧
血壓一五五吧
智商說有一四三吧
怎麼好像達文西密碼喔」
我說「難道其實我是個黃金比例的人啊」
小兒子說
「聽起來您很像一顆鉛球啊」

優良楷模

小兒子說
「呼～爸鼻
你知道嗎？
我今天好不容易推掉了一個
『品德優良楷模』啊」
「你是被除名吧？幹嘛說得好像很努力才推辭掉的
幹嘛學政客講話那套？」
「哪有，真的有些小屁孩同學要推舉我
但我一聽老師說
這個『品德優良楷模』一當選後啊
什麼錯都不能犯
打掃教室也不能胡鬧了
什麼調皮的事都不能做了
也不准說一些（他說「小小的」）屁話了
我一聽就說，殺了我吧
求求你們不要害我當這個啊」

小兒子看我沒說話
接著說
「爸鼻
你很開心我做了這明智的決定吧？」

我說
「你這屁孩！！！
難得我們駱家子孫出個啥
（他提醒我「品德優良楷模」）
這回去說給奶奶聽她多開心啊
你你你像屎克螂愛往壞品德的糞坑跳
原本可以讓奶奶說一句『歹竹出好筍啊』
現在弄沒了吧」
沒想到小兒子很生氣說
「你這個愛功名的大人
你想讓奶奶開心
不會自己去選好人好事
怎麼可以『豬油蒙了心』
要純真的孩子去當傀儡呢？」
我被說得目瞪口呆
他會的成語愈多
為父的處境就更江河日下

安靜

小兒子快段考了
一向鬼混的他
突然變得儼然要進京趕考的公子
好像很了不起的樣子
「爸鼻
你不要吵
不要打擾我準備考試啊」
昨晚
我比平時早吞了顆小史
拿了一個據說會促進睡著的發熱眼罩
（我不知我家為何有這個？）
帶著三隻呆狗進臥室
牠們各自占地盤在我身邊床位趴下
黑暗中
小兒子說
「爸鼻
我不知為何失眠了
好像要考試這件事太緊張了」
「啊，你到現在還沒睡？」
於是我們父子開始哈啦

基本上是我找話題跟他搭訕
「你記不記得小時候
有個叫小籠包的同學？」之類
然後他回答我
這樣大約扯屁了十幾分鐘吧
小兒子說
「爸鼻
你別再說那些有的沒的
我需要安靜
我一定要睡著」
我說「是啊我也要乖乖睡
看這次只用一顆安眠藥的效果」

然後我倆都不再出聲
在那樣的靜夜中
突然
我們的四周
發出像池塘裡上百隻青蛙
呱呱呱呱的巨響
原來是三隻小狗的睡前儀式
牠們開始大舌頭舔自己的屁屁
「呱搭 呱搭 呱搭 呱搭」
小兒子突然崩潰
「安靜！！！你們四個！！！

這要是戰場

敵人就會朝我們瘋狂開砲耶」

（為什麼我被他列入狗狗的行列？）

敲木魚

睡覺落枕
無法轉頭
一轉，脖子牽扯肩胛劇痛不已
我坐在客廳的小椅子上
吃了消炎肌肉鬆弛劑
但藥效還沒上來
像金毛獅王被人點了穴
動彈不得
小狗們都非常擔心
繞著我蹭，或舔兩下我的手
小兒子從臥室走出
問知了狀況
非常興奮跑到我身後的沙發上
像小和尚敲木魚那樣
扣扣扣輕敲我的後腦勺
並唸著印第安人那樣的喔嘍喔嘍
「腦~袋~空~空~腦~袋~空~空~」
我簡直快被氣死了
但身體就是無法轉動
「你……你個不孝子

等我脖子可以動了

你就等著被狂扁吧你！！」

他非常得意

「腦~袋~空~空~腦~袋~空~空~」

這時

我突然感覺藥效上來了

那個頸肩的僵直劇痛消失了

我突然把頭轉過去

瞪著還在陶醉作弄父親的這屁孩

我抓住他

「敢說老子腦袋空空？？」

小兒子說

「唉喲

腦袋很滿！！超滿！！！

這會，又像馬桶水箱的水

自動升上來

滿了，滿了！！」

虛構

小兒子小學四年級以前
上學大多是半天
我每天都要去校門口接他
然後和他，還有他的幾個死黨
一起穿過那許多大樹的巷弄走路回家
原本間錯著也有大兒子
但後來他上國中後
就只剩我和小兒子及他的這群麻吉們
他們都是邊走邊抓路邊昆蟲的皮孩子
都是一些小個子
後來小兒子先抽高
只有他一個高一些的
配三個像小刺蝟、小松鼠、小兔子的小皮們
但他的心智一樣也是小屁孩
我應該是扮演大人的角色
而我外型凶惡，他們一開始看到我也很害怕的樣子
但不知怎麼，這樣日復一日走下來
我和他們也變成麻吉
每次走到巷口分別處
我會說

「掰掰，小皮。掰掰，小乖。掰掰，小傑」
後來，當然現在這段時光已過去了
我已忘了好多年不用再接送孩子上下學了
今天突然想起來
問小兒子
「欸，那時跟我們一道走回家
就是小皮、小乖的另外一個
他現在到哪去啦？」
小兒子竟說不記得有這個人
「就是那個，有時候他爺爺會騎腳踏車載他
逼鈴逼鈴經過我們的那個小朋友啊」
「哪有？」
我追問再三，小兒子真的想不起這號人物了
他記得小皮、小乖
但就是不記得還有這個「第三個小朋友」
媽的
這是怎麼回事
我心中想
1. 孩子真是種無情的動物
　才三年，從前的玩伴
　完全忘得一乾二淨
　但為什麼我記得清清楚楚
　那小孩的臉容、形貌，都彷彿在眼前
　我如果會畫畫，就畫出來了

2. 不會吧

不會從頭到尾

那孩子都是我虛構出來的吧？

小儿子

小兒子的好朋友來和他借書
說要增進作文能力
他開心的準備了一袋
我偷塞了幾本家裡亂抓的進去
《暗殺教典》、《佐賀的超級阿嬤》、《我們都在精神病院》、《小狗巴克萊的金融危機》
他發現了
非常生氣
把它們扔出來
「爸鼻！！
你要我的好朋友跟我斷交嗎？」
說來有些書的書名真的蠻怪的
後來我又丟了一本《小儿子》
（因為是簡體版的）
（不知為何
家裡書櫃上有一排《小儿子》？）
他更生氣了
「這什麼爛書
《小儿子》？」
我悲痛的狂呼

「它，它不是小雞
它叫《小兒子》
是你父親的名著啊」
小兒子把《小儿子》扔在桌上
「誰要借我同學這書
降低他作文程度啊」

那麼爽的人生

小兒子一向不太用功
我每經過客廳
看到他不是在和雷寶呆玩
就是不知在鬼鬼祟祟什麼種黃豆或看閒書
我也不很認真訓斥他兩句
這一年他都會回嘴了
有次我訓斥他
而那天稍早我因手頭缺錢跟他借了兩千元紅包錢
他也很大方說「不用還了」
但待我訓斥他時
他竟說
「怎麼有人對他欠兩千塊的債主這麼凶啦
剛剛還對債主那麼馬屁？」
另一次我叫他用功點
他竟說
「爸鼻你怎麼那麼拍到ㄉㄧㄣ？」
也不知是哪學來的台語？
這幾天他們快段考了
假期都在家用功準備
連小兒子這廢材

也迥異於平日之渣氣
我經過客廳時
發現他都坐在沙發上看書
因為我在書房看網路的搞笑影片
哈哈大笑
小兒子說「爸鼻，你可否小聲些」
然後我出門去幫大家買燒餅油條當早餐
之後，我又和小端小雷小牲玩耍了一會
過一會
我說「那我去睡個回籠覺啊」
小兒子哀嚎說
「怎麼有那麼爽的人生啊！！！！」
兒子
這是十四年來
我一直想對你說的話啊

耍廢大街

瓦斯爐甲賽

我把水壺放瓦斯爐上燒
就回書房掛網看那些美豔的壽山石
過了不知多久
但聞到空氣中一股燒廢棄輪胎的臭味
我衝去廚房
我的媽啊
瓦斯爐除了自己的火焰
另外竄著像光鼠亂跑的藍焰
若非同時冒著濃煙
我會說啊這真是幻美之景啊
我把大水壺拿開
關了瓦斯
但爐圈上那藍焰仍四散燒著
我用水澆熄它們
發現整個瓦斯爐上亂七八糟
黏著白白的一坨坨
很像融化白蠟燭那樣的膠糊結塊
兒子們也靠過來
「什麼東西啊？」
「怎麼那麼臭？？？」

「好像是爸爸我燒水時沒注意
水壺下有塊塑膠吧
被燒熔了」
當然受到他們一片撻伐
「怎麼有這種爸爸？
在家製造戴奧辛，讓兒子吸毒
&*(^$#@%^*&&^%&*^%$#」
總之我覺得他們太悲觀了
不過這個瓦斯爐看上去蠻慘的
我腦海裡不知為何冒出「瓦斯爐甲賽啦」這樣的句子
我警告他們
他們的母親回來千萬別告訴她
然後我試著摳下那些一坨坨
凝固在瓦斯爐圓框和噴嘴各處
白蠟一般的熔化塑膠渣
有的摳不下來
我又開火讓它們熔化
於是又冒出濃煙和爆竄的藍焰
這讓兩個兒子又非常激動
「爸鼻！！停！！！你不要再燒塑膠製造毒氣了」
我試著解釋
「我只是要讓這些爛糊再熔化
我好清理啊」
總之

當我們人類父子為這塑膠意外汙染之處置
發生爭執時
我家小端這隻狗
不知突然開心個什麼勁？
撒歡起來
跑上沙發
用牠的前腳像葉問打詠春拳
那麼快速，嘩啦嘩啦亂扒沙發的皮
我們父子仨停下爭吵
詫異地看著這隻小狗一臉嗨
激動的打拳，不，扒沙發的皮
這時
孩子們的媽恰好打電話回來
說就要回來嘍
小兒子在電話跟母親告狀
「爸鼻在家裡燒塑膠製造戴奥辛
然後小端吸毒過量發狂了」

唉
你們可以想像孩子們的媽
如果手上有遠距精密飛彈按鈕
是不是立刻按下，滴滴
將我先爆掉再說
我們的媒體就是整天像他這樣報新聞啊

（臭屁一下
後來我還是在孩子們的娘趕回家前
把那噁爛一坨坨白糊黏膠的瓦斯爐
清理得乾乾淨淨
就像什麼事都沒發生過一樣啊）

兩津堪吉

我急匆匆跑進一家拉麵店
妻和小兒子坐在一小桌
大兒子和同學去聚
我坐下
和他倆說起今天我在外面的遭遇
這時有位穿得就像日劇裡拉麵店師傅的
年輕女孩
端著一大碗麵
在我腦袋後面一直喊著
「兩津堪吉！兩津堪吉！」
「兩津堪吉！兩津堪吉你的麵！」
我還想誰啊二百五叫這名字
後來她把那碗麵放我桌上
「兩津堪吉你的焦葱拉麵！」
我？
是啦是有些朋友說我跟兩津很像啦
但作為一家店
啊直接看走進來的客人很像誰
就直接那麼喊他
這也太，太，太大膽了吧？

我還曾經見過一位非常受尊敬的老教授
長得就跟小丸子的爺爺一模一樣
但我不會當面說出來啊
後來我發現妻和小兒子都在笑
這時剛那女孩又端麵過來
「皮卡丘！皮卡丘的麵！」
「新垣結衣的叉燒拉麵！」
什麼東西啦？
妻和小兒子很不好意思告訴我
這家店啊就是你點了你要的麵
一定要選一個卡通人物
爸鼻你剛還沒到
我們就幫你選了兩津堪吉
受嘎？原來這麼回事
好吧現在做生意也不容易啊
但是
在我吃這碗麵的不到十五分鐘吧
我不斷聽到
這間擠滿客人的店
各角落都有著那穿著日式布衫的男孩女孩
喊著
「兩津堪吉！兩津堪吉！」
「兩津堪吉你的麵！」
我都本能想站起來

「有！！！別喊了，我在這！」
但發現那些跟我同名的「兩津堪吉」們
根本是一些跟兩津一點都不像的
斯文上班族大學生瘦弱的阿公
我四顧環視
發現還有三個像剛一起打完籃球的高中生
「兩津堪吉！兩津堪吉！兩津堪吉！」
媽的三個坐一道結果全叫兩津堪吉
後來我們吃完走出店外
我憤憤的說
「這裡頭
有至少二十個兩津堪吉
只有我不愧最像兩津這名字啊！」
小兒子說
「爸鼻您也太好勝了吧？」

稽稽稽

有一次在wellcome
排隊等結帳的隊伍很長
我覺得收銀檯兩個年輕人
動作有點慢
一胖一瘦
心裡難免浮躁
後來輪到我時
我就站他們面前三十公分處
聽到他兩還在聊天
「聽說最近總公司會派出稽核員
假扮成顧客
來評分打分數
看各分店的服務品質喔」
那個瘦子問胖子
「但稽核員會是什麼樣子呢？」
「誰知道？當然是打扮成一般顧客的樣子嘍？」
我實在太無聊了
那時就咳嗽一下
他們抬頭看我
我笑著眨一隻眼

摸摸外套左胸（我也不知那代表什麼）
他們如遭電擊
嘴型「啊（沒說出）稽稽稽……！」
我伸出食指比了個「噓」
他倆開心的會意點頭
然後我帶著享受過的權力空氣
離開了

*

今天
我又去那家wellcome
站在收銀檯前
人不多
下個就是我
有個高瘦穿OL套裝的女人
年齡約四十，其實以我這阿北看
算是個美女
但帶著威脅的嗓音

把收銀檯其中那個瘦子
拉去一旁放整落衛生紙的貨架
「你們這裡貼的牌子
是189

但我拿了呢
是239喔
這個我可以去告你們廣告不實喔」
那兩個倒楣收銀員
跟她解釋
我在一旁也慢慢聽懂眉角
就是呢
兩落隔壁的整長條衛生紙
深綠色的沒特價，賣239
淺綠色的呢
有特價，賣189
但是呢
可能是淺綠色的賣光了
後來鋪貨的人把兩邊都堆上那深綠色的
總之人各有理
但我一旁聽暈了
她不斷丟著終極話語
「告！！」「廣告不實！！」
這兩人呢
一直賠罪，解釋
我忍住才沒嘴癢癢一旁插嘴
後來這女人走了
我又站在他倆面前
他們嘀咕著

「啊如果她要告是告誰呢？」

「告店長吧？」

「結果是我被她訓那麼久」

我忍不住說了

「別理她啦」

他們抬頭瞪著我

我說

「那麼多千頭萬緒的事

這一看現場就能判斷

是那邊賣完了

這邊堆高的又倒下去

如果是好心提醒

說一聲就好

找麻煩找你們這種小工讀生……

我最受不了這種人了」

他兩用少女漫畫的淚光閃閃之眼看著我

我想何時我演說如此有魅力？

然後，胖子說

「你不就是那個……」

瘦子說

「稽 稽 稽 稽 稽查員！！！」

一百歲

經過一巷子的美髮院
它是在地下一樓
恰看到約五六個男女（老的年輕的都有）
合力抬著一輪椅上來
輪椅上坐著一銀髮發亮的瘦小老太太
他們把她連輪椅終於扛上，在地面放平穩
集體輕輕發出一陣歡呼聲
此舉引起我後頭一歐巴桑的好奇
她問他們
「哇，這樣抬下去又抬上來啊？」
其中一個不知是孫女或孫媳回道
「對啊，還是愛漂亮，說硬要來美容院洗頭」
「老太太氣色好好，多大年紀啦？」
輪椅上的銀髮老太太超有精神的回答
「一百歲！！！」
瞬間
路上所有零落走著的行人
都轉頭看這百歲阿婆
所有人臉上都掛著
「哇喔！！算妳酷！！！」的笑意

我發現這方圓巷內，我眼前這些路人
都是一些老先生、老太太
原本在秋光中默默走著
這一瞬
「一百歲」讓大家的臉都嘩嘩燦亮
都變成年輕人和小朋友啦

回診

今天到醫院
電梯裡
一個和我年紀相仿的女兒
扶著她的老媽媽
這老太太拿根拐杖移動極蹣跚
女兒對母親講話的口氣很急
但我站的位置
恰好看著
那母親根本沒在聽女兒的訓誡
她轉過身
對著電梯的鏡子
像要去參加舞會前的高中女生
一直撥著前額的劉海
在年輕人（甚至我這中年人）匆匆瞥過的眼裡
她就是一個移動不便的老太太嘛
但她沒發現在這電梯裡
被我看見她照鏡的眼神
仍閃閃愛美如十七歲啊

後來到我的門診區

一個阿北要領回健保卡和批價單
護士說
「那你兩個月後再回來拿藥喔」
阿北吃年輕護士的嘴上豆腐
「喔，那我要兩個月後才能來看妳嘍」
年輕護士沒在怕的
「所以要乖乖吃藥喔
兩個月後我讓你看喔」
我心想阿北真風流
小護士說
「所以你是2月20再回診喔」
阿北剛剛的風流突然不見了
「啊不是說兩個月嗎？
應該3月20才對啊」
護士這才發現她弄錯日期了
一邊改一邊假嗔怨
「吼，還說很想來看我
提早一個月就那麼不甘心」
阿北臉紅紅的
低聲說
「看妹妹是看妹妹
身體健康最重要哇」

OS

有一天
我經過常去的樂透彩券行
裡面的辣妹嫣然而笑
向我招手
「大哥好久沒來買彩券了」
我心中OS
「不，我戒賭了」
辣妹說
「哎呦，拜託
買樂透又不是賭博！！！」
我非常驚訝
我真的只是內心OS
為何她會聽到？？

事實上這樣的事
近來已非第一次發生了
有一天我去買類似五十嵐那種路邊茶飲
一個甜美的少女
但臉頰有個痘痘被擠破在流血
我不小心看到

內心OS

「這麼漂亮的小姑娘

怎麼沒人提醒她一下

該把那流血痘痘處理一下？」

沒想到這女孩就下一瞬

停下手中正在把塑膠杯沿寫字的動作

轉身跑進裡間

丟下愕然的我和我後面一個國中生

後來她又出來時

原本痘痘的部位貼著一小片薄透氣膠

臉紅通通氣唬唬的

但我發誓我真的只是內心OS

為什麼他們都會聽到？？

是有外星人在我的畫面下方打字幕嗎？？

愛瑪仕

我有時想
如果我們之貴婦年輕女郎
能充滿真愛收藏一些好小說
如同她們兩眼夢幻盯住那些
確實美翻之包
真是完美啊啊
於是
搭高鐵之途中
我腦海中亂想
啊啊

百年Gucci
香奈兒命中不能承受之輕
LV 史陀
卡拉馬助夫兄弟們裡
那位弟弟之兒子
就是卡蒂兒
瑪格麗特愛特伍
倒過來寫
愛特伍、瑪格麗特、「世間男女」

圈第一個字
就叫愛瑪仕
不容易吧

他媽我腦袋裡裝的是屎嗎

廣告叉叉

網路上有各種你點進頁面
並不想看到的小廣告
通常各使奇招
小小的一塊
占據住主文不讓你看
但網路廣告的悲傷在
它就是和以前的電視廣告不同
它無法硬塞在你看節目的正規時間流之間
它的小框框旁一定有個更小的叉叉
你只要一按那個叉叉
再了不起的廣告一律被消滅
於是我看見各種網路廣告
和這種命運對抗的奇想
有一種很差
在小框的真的叉叉旁，畫了一個假叉叉
你一點那個假叉叉
天啊整頁廣告像神燈巨人暴漲整頁
然後你發現真的小叉叉是正常小叉叉十分之一小
你根本看不見它
我剛剛又目睹一

網路頁面廣告的天才設計
就是我一進入我要去的頁面
它那個小框廣告從右下方出現
一直上升
我拿游標箭頭要去點它上頭的小叉叉（要讓它消失）
但發現它跑得亂快的
我都瞄不準
一按就按成把廣告頁整幅展開
「媽的！！！」
再來一次，我不信邪
再去追那個小叉叉
但它實在太頑皮太會躲了
我又按成把整幅廣告展開
「老子不信老子點不中你！！」
如此多次
後來我想
我在幹嘛啊
這是把廣告叉叉（應該說讓廣告消失的叉叉）
變成小蜜蜂或射擊蜘蛛的概念嗎？

金魚

我跟超市的一位櫃檯阿姨說
「妳好
請問有76公升的垃圾袋嗎？」
「有的有的」
「好，那我要兩包」
「沒問題」
她蹲下去在櫃子那邊找
「請問要統編嗎？」
「不用，我用悠遊卡」
「好的，請問是要多大容量的？」
（啊？）
「76公升的」
「好的，沒問題」
「請問要幾包？」
（呃？是要我嗎？）
「兩包」
「好的（聲音清脆有活力）
請問要統編嗎？」
「不……不用……」
（這就是傳說中的金魚腦嗎？）

這時一位她的同事走過來
嘰哩咕嚕跟她交代一些事
「對啊，好的，沒問題～」
你看得出她是個好脾氣的人
應該年紀比她小的同事都把一些繁瑣事賴給她
她也不計較
然後她一臉燦爛看著我
「對不起，久等了
請問……？」
（不！！！！！想像Kerorro在漩渦中張大嘴旋轉）
終於刷了卡
這時一位老友打電話給我
我在人群中會害羞
摀著電話走出超市外
是催我之前答應的一篇稿子
「對不起對不起我真的忘了
對不起對不起！！！
回去今晚一定趕給你」
然後我就回家了
大兒子問我交代我買的垃圾袋買了沒
「買了買了
唉唷，爸爸還遇到一位有健忘症的店員啊」
我跟他們描述那位櫃檯阿姨的健忘程度
（簡直像志村健去假扮的整人錄影吧？）

「爸鼻
那，您買的那兩包垃圾袋呢？」
登登 登 登！！！！！！！
「我忘在超市忘了拿！！！」
「您該跟那位阿姨結拜！！！」

有一次
我聽見妻這樣安慰著兩兒子
「爸鼻會那麼健忘
所以你們看他每天那麼快樂
因為腦袋裡不會存下任何憂鬱和掛心的事啊」
那次小兒子生氣的說
「那不就是快樂游來游去的金魚嗎？？」

椅子屠夫

昨晚和蔡俊傑先生約在515咖啡哈啦
聊到興奮處
（我正說起四十歲以下他們這世代的小說家群有多強多帥）
椅子突然垮掉
像是被捏碎的蘇打餅乾
我整個摔坐下地
大屁股坐在那不可思議
粉碎的餅乾屑，不，椅子木片碎片上
那個過程很像慢動作拍攝
感覺椅子的結構瓦解
在一足夠長的延時性時間中
緩緩發生
所以一點也不痛
我覺得超丟臉
但店家一直擔心的問「你沒受傷吧？」
我說要賠，他們也說不用啦
其實這是我坐壞他們家第二把椅子了
之前是一張復古小沙發
但那只是一隻腳蹩了倒下

兩次我都抬頭看到俊傑先生
一臉驚愕、迷惘
這次則太奇觀了
是整張木頭靠背椅被我坐爆
椅子若會說話
應會哀嘆
「人家已拍地板認輸了
你還用壓制把人家打成粉碎性骨折」
很多年前有一次
我去陽明山他們在一個類似教堂的場地辦文學營
總之我也是坐在台上
正講課講到意酣處
椅子垮了
那次我是向後摔跌在地
最丟臉是想爬起來
卻像一隻翻倒的金龜子或烏龜
怎樣掙扎都爬不起來啊
我回家跟妻兒們說起這事
他們覺得太丟臉啦
我試著解釋
「真的是有高科技外星人發動質能轉換攻擊波
那一刻真的椅子是液態化或沙態化啊
不是爸爸我太重啊」
小兒子說

「但外星人為何一直要遠距發射那個波
攻擊您的椅子呢？」
我說
「仔細想我前世好像是個大將軍
好像有這記憶
我騎的戰馬衝鋒時好好的
突然就垮掉被我壓死了
外星人瞄準我超久了
應該你爸爸我不自知懷藏著拯救宇宙重大的機密
或能量球吧？」
小兒子說
「別說前世了
你現在走在青田街永康街溫州街
那些咖啡屋的店員一定都很緊張
快快拉下店門
那個椅子屠夫靠近了！！」

阿魔

今天回到家
小狗們歡欣地跳撲
歡欣地舔我的臉
我正蹲下，忙著每隻都要公平疼到
（小端當然要疼多一點點）
聽到大兒子從他書房
咕噥著說
「爸拔
你知道
阿魔今天死了」
啊
終於死了
阿魔是我家水族箱裡的一隻黑魔鬼魚（一種電鰻）
好像是六七年前嗎
小兒子某年生日吵要我買給他的
但很麻煩
因為這種魚會把缸中其他小魚電死
只能把牠們另養一小缸
當時有兩隻
一隻比較大，叫阿黑

一隻比較小，叫阿魔
（真沒創意的一家人，若有第三隻，是否叫阿鬼？）
阿黑老愛霸凌阿魔
餵牠們吃的冷凍紅蟲
都被阿黑搶吃了
阿黑後來愈來愈大隻
塊頭是阿魔有五倍喔
但有一天
阿黑死了
只剩阿魔
沒有人霸凌的阿魔變得很大隻
後來我們的水族箱發生生態浩劫
魚蝦全死光了
清理後妻兒們提議將可憐的孤單的阿魔移進那大水族箱
那簡直是總統套房只讓牠一隻住
但每周幫水族箱換水
覺得牠自己一隻在裡面好寂寞啊
但很怪的是
這隻阿魔一直活了下來
活了四年五年六年
有天我忍不住問小兒子
「這隻阿魔怎麼這麼長壽？到底黑魔鬼的壽命有多長啊？」
小兒子說

「好像可以活到五十歲」
媽的！那不是令北都投胎下一世若變青蛙又死了
他他阿魔還活著？？
這太長壽也太孤寂了吧
今天回家
竟聽到「阿魔今兒死了」的消息
不知我為何傷感中有種鬆了口氣的感覺
我問大兒子
「那你有沒有把牠打撈？」
大兒子開門出來
「打撈？」
「是啊，總不能讓屍體那樣泡著，整個魚缸會發臭啊」

他看著我，一臉我又再亂說的表情
「爸拔
我說霍金今天死了
我去哪裡打撈？
黑洞嗎？」

神鬼認證

到小旅館寫稿
發現我書包裡自帶的茶葉沒了
其實可沖房間裡的茶包
但我後來習於自帶茶葉
用它們的貯水壺煮水
專心寫稿
一杯一杯熱茶喝
完全是辦公fu
於是下樓
跟櫃檯女孩解釋
我去買包茶葉
她們是非常好的女孩
天冷我心臟不好
自己到全國買一台特價999熱風扇
寄在櫃檯
每次來跟他們領
有時書帶太重
也暫寄櫃檯，下次來再拿
超好
好像以前的K書中心喔

今天走了頗遠
買了一包老闆娘說無農藥的茶
五百元
很開心回房
卻發現那鋁箔包的茶葉
無裂口可撕開
我自己在旅館房間
用力撕了半天
還用牙齒啃
就是撕不開
然後我開始翻找這旅館房間
可有可以割開這天殺的封得密實的茶葉
（相信我
我當然想到用自己的鑰匙割
還用賴打燒
但天殺的這家茶葉的鋁箔外包是防火的！！！）
各種櫃子抽屜當然翻出一些無用之物
鞋拔啦、針線包啦、聖經啦、紙拖鞋啦
還有貼心的保險套喔（羞）
哈哈我平日進來小旅館真是太用功了
一頭埋在書桌寫稿
不知這許多小玩意
當然還有三合一咖啡包和調味的小湯匙
都沒用啦

這時我找到盥洗檯架上的刮鬍刀
那是一次性刮鬍刀
品質很差
我想我把刮鬍刀拆了拿出刀片
不就可以割開那茶葉的鋁箔外包？
我真是《神鬼認證》麥特戴蒙一樣的天生特工人才啊
於是我開始拆那塑料刮鬍刀
不知怎麼手忙腳亂一陣
下一瞬我發現盥洗檯全是鮮血
原來那爛刀一彈
把我拇指割了道口子
不知為何
流了不少血
真沒想到為了想在小旅館房間
泡個自己帶來的茶葉這等小事
最後弄得好像本人在旅館裡割腕的社會案件啊
唉，總之
最後我只好打電話拜託樓層打掃阿姨
送來OK繃和剪刀
前者是因我弄了一堆衛生紙還止不了血
後者真他媽輕鬆一剪
茶葉的鋁箔袋就剪開了
我想這旅館的打掃阿姨應該會覺得
我是個變態吧

她們會想這人到底租時段在房間裡幹什麼呢？

晚上吃飯我跟妻兒們說起今天在小旅館發生這小插曲

他們覺得我真的不要哪次弄爆炸了

跟人家說我真的去旅館寫作

沒人相信啊

「為什麼你打不開那茶葉袋的一開始

不就和旅館阿姨借剪刀呢？」

「因為……

因為我害羞啊」

坐著睡覺

昨夜有生第一次發生這樣狀況
約兩點左右
吃了安眠藥
但還在掛網
好像看了冬奧那天才日本帥哥的優美溜冰
看了陳丹青的幾集《局部》視頻
當然又亂逛看了網路上許多幻美嬌豔的壽山石照片
又看了什麼呢，我不記得了
然後我陷入一極深沉甚至甜美的睡眠
醒來時
發覺是早晨六點半
也就是說
我坐著在自己書房
那樣睡了四個半小時
太怪了
原來我可以像《終極追緝令》那個殺手李奧
坐著睡覺
今天也完全沒任何痠痛
非常怪
以前念研究所時

一位老先生老師講課
大家全睡得東倒西歪
只有我坐老師正對面
眼睛睜大著聽
老師超感動
只對著我一人講
後來同學發覺我會張著眼睡覺
（因為聽到我打鼾）
但如今又發現我可以坐著筆直睡覺
（因為醒來之時
感覺手還端正放在桌上
彷彿只打了個五分鐘小盹）
小狗們也忠心的趴睡在腳邊
只是窗外天光發白
這種感覺真妙
還好昨夜頗暖啊

從失敗中學習的事

前兩天原本要去做一個演講
因為聽眾不是面對我習慣的文學讀者
邀請方給我一個題目是
「我從那些失敗中學習的事」
後來因那幾天天冷
心臟又頗不舒服
便很抱歉取消了這次演講
主辦方是位很棒的女生
她原本規劃的演講場地
是在一家盲人咖啡屋
後來她很nice的幫我取消了活動
竟還寄了一個盲人咖啡屋他們手工做的蛋糕給我
我非常感動
但其實回想
「我從那些失敗中學習的事」
這個題目
我還真的不知從何說起啊
這樣的題目
感覺像是喬丹、歐巴馬
或至少是林志玲、王建民、陳金鋒

或大企業家
這樣的人物
可以感性又有啟發的說一個真的給聽者美好的晚上
但我
我問我的孩子
「你們的爸爸從那些失敗中學習的啥麼啊」
他們回答
「是說減肥嗎？戒菸嗎？借調買彩券嗎？
買垃圾石頭嗎？
想要戒掉無聊男子的壞毛病而無望嗎？」
嗚！！
我被親生兒嗆得無言
如果我們的身分倒過來
我一定會問「我是你們親生的嗎？」
不過我是老爸，而不是孩子
這就別亂問啊
說來
「我從那些失敗中學習的事」
我腦中的感悟就是
「我是個失敗者」
這還有啥好學習的？
當一隻快樂的小強？
上帝為你關一扇門，一定幫你開另一扇窗？
以前有一本書我超喜歡

叫《美麗失敗者》
說實話
二十歲立志走小說這件事
它就是注定要靠吃人類和自己的失敗噩夢瘋狂
度過此生
我腦中作為此生無法企及的夢幻人物
波拉尼奧、曹雪芹、杜斯妥也夫斯基
在某種真實生命的際遇
他們都是大挫敗者
但我不是在耍嘴皮
是這幾天真的很認真在思考這件事
我生命中從沒以這樣的命題來思考
就是說
我對「失敗」從來很懵懂
你身邊若也有牡羊座的朋友
應該瞭我說的
就像是漩渦鳴人或keroro裡的556
我覺得就是牡羊座典型
他們很難從失敗中思考教訓
因為伴隨一生的摔倒
其實常是因衝動或腦熱
但又有常人難有的摔個狗吃屎
還是正面能量爬起豪邁大笑
繼續往前衝

真的
認真的說
我沒有過從失敗中學過什麼
反而是我從小我娘教我面對失敗的萬能鑰匙
「那都是幻象，在時間洪流中，都會過去
都是如夢幻泡影，如電亦如露」
我以前看一本書算錯了
一直以為自己的上升星座是處女座
「那也許我老了
會變成個較謹慎，不動不動摔個狗吃屎的人？」
結果某次被一位星象大師糾正
我的上升根本是獅子
那就是老來
更哈啦，希望哥們一起熱情向前衝
更無知於避禍躲災的人啊
我身邊親近的朋友都知道
我是個「倒楣的人」
一開始他們覺得我哈啦
但後來目睹
真的相信我說的都是真的
可能是出生時的星空排列吧
我曾在臉書寫過
我的倒楣可分項目，作成不同類分類
「載心愛的女人結果車子在高架橋上爆缸」

「在非常重要的場合突然肚子狂想拉而出現絕望醜態」
「只穿內褲聽見旅館門外吵鬧聲
好奇跑出去看
跑到走廊
門卻喀啦關上而房卡卻在房間裡」
「拉爆人家家的馬桶」
「趕不上飛機在機場狂奔」
「車被小偷撬鎖
去報案
天兵警員卻把我和一位炸彈客和一旅行袋土製炸彈
一起坐在車後座移送另一分局」（我說的是真的）
「大學我去採訪一位重量級大師
我坐在他面前聽講奮鬥往事卻睡著了」
「拉肚子衝進公廁卻發現裡頭沒衛生紙我也沒帶衛生紙」
「當著上百人演講
椅子卻分解碎裂
我像隻屎克啷仰躺地上翻不起身」
「小學翻筋斗在眾目睽睽下褲子就裂開了」
太多了

其實我年輕時是非常害羞的人
每一次的倒楣
我都羞憤欲死
真的是我娘教我「什麼都是幻影」才讓我度過這一切啊
這能怎麼學習呢？

但我從小一直最後一名
一直這麼倒楣
一直被自己總一片好心換驢肝肺
傷心委屈
我母親從她還年輕時一直到現在變一個老人家了
總是篤定的告訴我
你是個幸運的孩子
你是神創造時，帶著無比愛和快樂
那樣創造出來的孩子
所以
那晚我原本要去
後來沒去的演講
「我從那些失敗中學習的事」
我可能只講一句
「沒在怕的啦！！！！」
不是啦
應是
「要感謝唔，我一直把一路失敗
都只當成是因為我哈雷星坐命
只是倒楣嗎？」

開鎖

傍晚打開我家公寓大門
一個黑影一閃
我作出搏擊的防禦姿勢
是一個瘦削的年輕男生
很怪的是只穿條三角內褲
上身的T恤也說不出的彆扭
我以為是哪戶住戶的朋友
（其實仔細想不太可能
我們這公寓住戶
除了我家
要嘛是老人家
要嘛是帶著小小孩的三十多歲夫妻
應不會有大學生年紀的朋友）
但他緊張惶恐的跟我說
他是我們頂樓民宿的住客
出來洗澡時
風把門關上
他的衣服手機護照錢包全被鎖在裡面
他想能否跟我借個手機
我第一瞬是想

哇賽
我對面那屋主真的太強了
他們在頂樓蓋了鐵皮屋
之前租給不同住客
有工人、一個很像藝術家的女生、兩個法國情侶
一群很像嘻哈歌手的年輕人
其中有個光頭女生很酷
其他男孩女孩的髮型服裝都很怪
很像搞小劇場的，裡頭也有菲律賓人
我因為常帶狗上去遛，並幫我頂樓那幾十盆盆栽澆水
所以常和這些頂樓上的，候鳥般來去的住客照面
通常是我怕他們被突然出現在旁邊陽台的我和我的狗們
嚇到
沒想到現在那頂樓鐵皮屋
開起民宿了
這個年輕人是個大陸來的學生
我把手機借他
但他也不知電話號碼
必須上網查民宿
但我的手機無法上網
我當時手上提著大袋小袋
我說不然我先上去
但我不能邀你去我家
因我養了三隻狗

但我可以幫你用電腦查
但那要密碼
總之後來我想到一個方法
我先回去把東西放了
跟小兒子借了一條短褲
下樓給那倒楣的內褲小夥子穿上
（其實這種狀況，叔也遇過不止一次了）
然後我出門找我家附近的鎖匠
這鎖匠幫我開過幾次鎖
跟我很熟
人非常好
但不知外型為何長得很像黑道老大
我跟他講了狀況
他很豪邁就騎機車出動了
然後我們陪那憂鬱的小夥子上頂樓
（不知為何
我和鎖匠明明是好人
但我們恰好都長得很像壞人
我怎麼覺得小夥子會不會懷疑我倆聯手騙他啊
但我們沒那麼強吧
先要潛伏上頂樓
趁他洗澡，把他房門關上？）
但這時那年輕人對我說
「謝謝你相信我說的」

我說有什麼好不相信的呢
我還跟他臭彈
頂樓這些玉蘭啊茉莉啊、芭蕉啊、櫻桃啊、九重葛啊
都是叔我種的啊
我問他是哪兒來的啊
他說是杭州
我說「喔杭州啊，我去年才去過啊」
後來我想不對我去的是蘇州
我想我愛喇咧的壞毛病
可能讓陌生人覺得更可疑吧
最後我和鎖匠要離開時
這小夥子說
「謝謝你
台灣人真好！！！」

博愛座

我在台中高鐵站
買了自由座
早早便登上那天空中的月台
排在十二節車廂的候車線
哈哈
其他人都散漫的在後面滑手機啦
因為距車子到還十五分鐘
好像沿著這條線整個月台望過去
只有我傻B一個站在月台邊沿
但自由座就是要趁早啊
如此可能坐到兩個位置都空的
胖子我可以舒服坐到台北
後來很多人看我站那
也不服輸地來排隊
就我們十二節車廂排了長長一列
終於車來了
我衝上去
立刻就占第一排空著的兩個座位
後面的人爭先恐後經過我去搶裡面的位置
我將背包和外套放上面的行李架

舒舒服服要坐下來
登愣
是博愛座！！！
媽的枉費我用盡心機提早站月台！！
最幹的是
我垂頭喪氣走去坐一排三連座中間的位置
（那時大部分位置都被占了）
一個白頭髮長得很像小時候記憶的陶大偉反串
的老奶奶
對我說
「你是去占那個博愛座對不對？
真憨
那是我剛剛坐的
到站我才剛跑過來的」
一路這個老奶奶一直跟我聊天
我偶爾裝睡歪過頭去
她還跟我繼續講杜特蒂這個人
然後說怎麼可能共軍一百小時就把國軍打垮
（她說「呵呵呵呵呵」）
果然是個不愛坐博愛座超有活力的老人
回家後跟小兒子說了此事
我說
「以前算命的說我是羅漢命
想去和人家爭什麼世間有形之物

一定得不到
老天是要我澹泊啊」
這死孩子竟然說
「您不是得到了那個一起從博愛座再轉跳後來座位
的老奶奶？」

怪阿伯

孩子的媽的一位朋友
家裡養了一隻小狗
名字叫「底迪」
說每次她媽幫底迪在後面浴室洗澡
一邊洗一邊就一直說
「噢，怎麼我們底迪著麼勾錐啊」
這我很瞭
我每次幫我家三隻狗洗澡
不知為何，小狗都很怕洗澡
我會一邊抓著（怕牠們掙逃）
沖水，抹肥皂，用手指幫牠們搓開泡沫
一邊要甜言蜜語哄牠們
台詞還要不同
小端是「喔，怎麼有這麼美的女生啊
這麼美，走出去
人家說這是誰家的小狗
這麼美
但怎麼臭臭的啊
那不是很沒面子嗎？」
小雷是「喔，怎麼有這麼帥的黑狗狗啊

這麼帥，這麼英俊」

小牡則是「喔，怎麼有這麼可愛的小河馬啊」

然後詞窮

算了專心洗

但我很瞭這些狗主人幫他們的小狗洗澡

那滿嘴的甜蜜、自戀、陶醉

說回那位朋友的媽媽幫他們家小狗洗澡

「喔，我們這個底迪怎麼佳勾錐啊

阿呢勾錐，受不了，怎麼可以這麼勾錐啊？」

大約聲音太大聲了

有一天

當她這麼邊洗狗邊詠嘆時

後面陽台隔壁一個阿公，很大聲的說

「到底是有挖勾錐啊？？」

那個嬤嬤嚇一跳

以後洗狗就不敢這樣喊了

我說「怎麼有這種無聊男子？

人家在人家家裡洗狗

關他屁事啊？

隔牆偷聽還哈啦什麼啊？」

兩呆兒說

「爸鼻你不就是這種無聊怪北杯嗎？」

有一次我們在公車

旁邊一個太太問她同伴

「啊，我這樣眉毛會不會畫太濃
爸鼻你就說『不會，還好啦』
害我們丟臉死了」

開直播

跟朋友討論
如果在夜裡開直播
播出我每晚吃了安眠藥後
夜晚暴食症的過程
看看我如何在夢遊狀態
坐在電腦前一直吃一直吃
如何吃完兩盒綠豆冰棒
一碗泡麵
滷豆乾、一整條吐司
一包芒果乾
我在那一兩個小時
是在夢遊狀態兩眼發直
但一直吃一直咀嚼
我自己其實也從不知
在夜晚暴食的我是啥樣子？
這應該是驚悚片
一種行為藝術吧

蜘蛛的頭獎

有一隻非常大的蒼蠅在我的書房
四處盤旋
還不時停我水杯邊沿
還停在我電腦邊沿撓腳
非常囂張
我拿抽屜裡的橡皮筋瞄準射牠
前兩發都射空了
牠也不飛走
第三發
啪的把牠打飛
整隻恰好掉到屋角的蜘蛛網上
一隻身體很小足肢超細長的蜘蛛旁
那長腿蜘蛛可能很久沒吃到東西才那麼瘦
一陣驚嚇後
去抱住那大蒼蠅
我幾乎都可以聽到他大喊
「天啊！！！！！
沒想到我真的中了樂透頭獎！！！」

辣醒

小兒子問我的夜晚暴食症有多嚴重
我舉例
「前天我不是去花蓮出差？
受媽迷之託
買了兩罐剝皮辣椒
昨夜發作
在深夜做爸爸的我就嗑完一罐
連辣湯汁都咕嚕」

「那你一邊夢遊
一邊吃辣椒
沒有感覺嗎？」
「就像是作了個
很多很多辣妹的夢
感覺好辣好辣
就被辣醒了」
他說
「是變態老頭被呼巴掌
臉熱辣辣的那種辣醒吧？」

王八之歌

我小時候
爸媽不在家
我和我哥、我姊
耍廢，惡作劇
拿那年代的錄音機（裡頭有裝錄音帶的）
錄了一段我們發出各式噪音
我哥裝老頭的聲音：「嘻嘻～肚子爆炸了～」
我姊：「狐屁屁狐狐屁屁，屁狐狐屁屁狐狐」
我因為太小了，只對著錄音帶發出「噗噗」的屁聲
然後我們做出剉賽嘔吐、屎屁、豬拱拱
各種噁爛怪聲大合唱
我們將這段錄音命名為「王八之歌」
然後我們用家裡那轉盤洞洞黑電話
亂撥號打給不知哪個人
然後播放這段錄音
要知道我爸是非常嚴肅的人
要給他知道我們幹這壞事
我們一定都被罰跪
打通了，我哥摁下播音鍵
放出那段我記憶裡最噁爛的噪音

我們都很緊張
即使裡頭最大的我哥
都還是小孩子啊
沒想到
播放完那段王八之歌後（足足有一分鐘）
電話那端的那人，非常認真聽完
停頓了幾秒
然後發出一非常洪亮飽滿的老頭笑聲
「哇哈哈哈哈～」
我們嚇得掛了電話
這麼多年後
我和我姊回憶起小時候的皮事
「到底那老人家是跟我們一路貨的無聊男子嗎？」
「也許我們亂撥
打給了一個非常寂寞的老人吧？」

K 歌之王

小兒子有位家教老師
是個非常嚴肅的人
每周一次的上課之前
他都露出痛苦的臉
但又變不出把戲脫逃
上周，我們和多年來的家庭友人
一起去唱KTV
這位被我們稱為「光老」的家教老師也一道去唱
因為老的老、小的小
一房間可愛的人
都點了久遠年代的歌
或是小屁孩的歌
萬沒想到光老異軍突起
點了一批對我們而言，頗陌生的歌
梁靜茹 田馥甄 蘇打綠 張靚穎
大部分是女生的歌
因此光老用男嗓唱得頗怪
我虧他
「光老原來你有一顆少女心」
但他的臉很嚴肅

非常認真唱
後來我們不知誰點了一首陳奕迅的〈K歌之王〉
那MV拍得極好
就是一屋子人無論再鬧，喝酒，哈拉
陳奕迅始終拿著麥克風對著前面的字幕
寂寞地唱著
我們突然說
靠！！！這不就是光老？
連我們最後一首歌要走了
大家請服務生美眉拍大合照
光老都還拿著麥克風唱著
後來我跟小兒子說
「看不出來你的家教老師那麼壓抑
他超愛唱KTV！！！」
小兒子非常興奮說
「爸鼻，我想到一招了
下次光老來我們家上課
我就若無其事把你哥們小賢叔叔
上次送我們的小米機打開
那有一個軟體就是卡拉OK
我幫他點很多首梁靜茹的歌
他一定會控制不住自己
走去沙發那唱起來
就忘了上課啦」

泳褲黑洞

這個夏天第一次和小兒子去游泳
我們好像每年要去游泳時
一定找不到去年夏末最後收起的
泳褲、蛙鏡、泳帽
每年要開游，一定要去買新的
「到底去年我是把它們藏在哪啊？」
「但是我們從五六年前就這樣
每年都買新的
然後第二年又找不到
那家裡各角落不是藏著許多
泳褲、蛙鏡和泳帽嗎？」
「聽起來很噁心啊
很像小牡藏的骨頭啊」
「爸鼻會不會是你收垃圾把它們包一包丟了？」
「如果有小偷來仔細搜我們家
就會找到許多
泳褲、蛙鏡和泳帽啊」
「但是我們自己找不到啊？」
「我們自己找不到啊」
「我們家的指甲刀、萬金油、冷氣遙控器、襪子

都是這樣
會掉到黑洞裡
找都找不到
然後我們一直買新的
是不是我的屋子愛吃這些啊？」
於是我們到一家批發的運動器材店
買今夏的泳褲、蛙鏡和泳帽
老闆是個禿頭阿北
非常親切
「你們今年又來嘍」
我很尷尬
「是啊，是啊
老闆你還記得我們喔」
「每年夏天都會來啊
而且其中一件泳褲要最大尺碼啊
好幾年啦
泳褲不是衛生棉喔
洗一洗明年還可以穿啊」
這位阿北開體育用品店真可惜了
他比較像賭骰子的香腸攤老闆吧

迷糊

帶小兒子去家附近一間巷弄咖啡屋晚餐
因為桌位的關係
我剛好看著櫥窗邊一對母女用餐的側影
那個媽媽非常瘦
很像大力水手卡通裡的奧莉薇
給人一種頗神經質的感覺
女兒是個約五六歲的小女孩
女兒在看童書
媽媽則在滑手機
突然媽媽跳起來
「完了，我忘了帶鑰匙！！！」
然後又喊一聲
「啊，錢包也忘了帶！！！」
然後她跟女兒說
「妳乖乖坐這等
媽麻跑回去拿一下」
那女孩突然就哭起來
「我不要，我不要自己一個在這裡」
那媽媽不管她
自己推門跑出去

啊，那時我心整個揪起來
我非常怕看到「遺棄」這件事
小時候看到被丟在巷子牆邊的小貓小狗
長大後
哥們甩掉的馬子
哭哭啼啼來問我怎麼回事
我都非常痛苦
那時我有一奇怪的想法
是否是一無力再撫養女兒的單親媽媽
故意帶女兒來這咖啡屋
上演這一幕
然後把女兒拋棄？
然後目睹這一切的我
只好把小女孩帶回去撫養
把她當自己女兒疼愛
小女孩長大後出落成個美人兒
兩個哥哥都愛上了她
於是發生了痛苦的三角戀情
啊！啊！這不是瓊瑤小說的內容嗎？
我真的想太多了
我好像從小就會想太多
我記得我國中時不知讀了啥狗屁倒竈的小說
幻想我去妓院對一妓女曉以大義
帶她逃出火坑

但我真實中究竟是個國中生啊
我幻想我把她藏在永和老家的閣樓上
每天偷拿飯菜和水上去
不要被我爸媽發現
啊啊 我真的想太多了
其實後來那小女孩哭著追出去了
她們跑了
只留座位邊一把超大的雨傘
過了一會
她們母女一起回來
用餐
什麼事都沒發生
我低聲跟背對她們的小兒子說
「那媽媽超迷糊的
鑰匙也忘了帶
錢包也忘了帶」
沒想到這時外面突然下起傾盆大雨
簡直像電影裡演的，水就倒下來那樣
變成沒帶傘的我們父子發愁出不去了
（後來我們是淋成落湯雞跑回家）
我說
「幹，又惹到龍王婆婆嗎？
不該講她壞話的」

好久沒來了

我的按摩阿姨生病了
於是我有好一陣子沒按摩了
肩頸說不出的痠痛、僵硬
今天走路經過一間盲人按摩店
那是我很久以前會去按的
我大概三年沒去了吧，或許更久啦
我因為後來遇到這位灌香腸的按摩阿姨
手藝高強
就沒再來這家盲人按摩了
我走進去
非常心虛
很像負心漢，或離家出走的浪子又回到家
我憋著嗓門說我要按四十分鐘
有一瞬間
我覺得坐前廳按摩椅的好幾張臉都抬起來
然後是一位長得有點像風獅爺的師傅
替我按
以前他也頗幫我按過一陣
他按了沒幾下
他說

「這位先生，你是那個……那個……
我以前按過你嘛
你怎麼好久沒來了？」
我騙他說我搬家了，搬到台中了
很少來這一帶啊
（其實我常常經過他們門口啊）
因為我趴在靠外頭的按摩床
這時客廳一兩位師傅也接話說
「對啊
剛剛一進來一說話
我就想ㄟ這個客人以前是常客啊
好久沒來了」
另一個開玩笑說
「會想你耶」
他們看不到我臉紅
我心虛的說
「搬到台中了，很少上台北啦」
我很怕他們若有人問我
「台中哪區，我很熟啊」
我就死定了
但他們哈哈一陣笑
幫我按的那位師傅
只是隔一陣就喟嘆一下
「喔，真的好久沒來了

之前我還和我們那個妹妹說
那個客人，脾氣很好的客人
怎麼就不見了
就沒來了」
我被他真誠的惜情
而且心思坦澈，沒有猜疑
覺得非常慚愧
他還說
「你看，我按過你
這一按喔，立刻就知道是你」
後來我要走的時候
看到沙發上愣坐著
胖的瘦的還有女師傅
有幾張臉我之前都認識的
有幾張臉是陌生的
心中充滿一種懷念
那個說我進去就聽出我的
爽朗說
「不要又好幾年才來喔」
我說好啦，好啦
我差點想亂掰，我又從台中搬回台北啦
最後我竟像他們的老朋友
跟一整間的盲人師傅說
「再見，再見」

食糞者

我因為臉友狂建議
這兩天迷上了
買一堆榴槤
一小袋裝一坨塞在冰箱的冷凍庫
或許我一時太嗨
買了太多
冰箱冷凍庫那些食材之間
都是一坨一坨的鮮黃色凍榴槤
這激怒了小兒子
（他也怪怪的常在冷凍庫冰養樂多）
可能我的榴槤大軍踩了他的地盤
他大喊
「爸鼻你幹嘛把我們家冰箱變一個糞坑啦」
我很生氣
「不識貨的小屁孩
你懂什麼
這是我臉友教我的
宇宙最高貴的食物」
小兒子說
「你這個愛吃大便的怪北杯

滿冰箱的大便冰

你這食糞者」

我為他竟說出食糞者（那不是小狗或糞金龜嗎？）

呆立在那

食糞者

這不是施明正的小說嗎？

第三次

今天去一高中演講
到了場地，還沒開始
我就走出校園抽菸
因為進去時要跟警衛說我是來演講的
（他露出懷疑的神情
但確實有登記的）
出來時又跟警衛說
「我出去抽個菸，等一下就回來」
但他正在講電話
胡亂跟我揮揮手
等我抽完菸
又要走進去
那警衛露出疑惑的模樣
「ㄟ你是那個要來演講的人嘛
但你剛剛不是進去了？」
無聊的我內心想
我若是一臉正直說
「啊？什麼？我剛才到啊？不會是有人冒充我吧？」
但我上樓後
發現演講好像還沒開始

我會緊張，所以想再跑出校門再抽根菸
這次經過警衛室
那警衛恰背轉過去
我想哈哈等下我第三次再進來
說我是今天要來演講的
他一定覺得見鬼了
我這麼開心地想著（差點捻痣毛）
站在校門外的人行道邊抽菸
待會一定要裝出一臉嚴肅
這時
完全沒有預兆
真的像老天把一大盆水倒我頭上
瞬間下起超大的雨
我手中的菸被雨柱打爛
我往學校裡狂跑
經過那警衛時
發現他看我落湯雞的樣子，一直在笑
不會吧
我只是想開個玩笑
這校園警衛會召雨之術嗎？

我惹到氣象女她弟嗎？

替角

我小時候
我姊很幹她班上一個女生
其實她們本是好朋友
後來吵架鬧翻了
說來她們也不過就國一的女生吧
要我打電話去罵她
那時也沒來電顯示
想我對於這同學是陌生人口音
於是我乖乖的對著話筒準備著
對方一接：「喂？」
我就鼓足力氣大喊
「唐XX妳這王八蛋！！！」
立即掛上電話
不想電話才掛上立刻鈴響
我姊接起
竟是那唐XX
非常生氣質問我姊
「妳為什麼罵我？」
我姊拿著話筒臉色慘白
或年紀太小不會撒謊

解釋很久才掛斷
我們嚇死了
百思不得其解
後來才想到
我們真是白癡
我姊叫我去罵
但我那時還是小學生
還沒變聲
聲音跟我姊一模一樣
（早知就不用這道替角的手續）
今天吃飯說起這件往事
小兒子露出擔心的神色
「爸鼻下次我要請假讓媽迷幫我請
你去講，老師以為是我冒充家長，自己幫自己請假
你連聯絡簿家長簽名字都那麼醜
老師還以為我自己簽的」

班對

聽一哥們說起
他小孩念小學
班上就有「班對」
我頗悵惘
覺得自己真的變不知世事變化的老阿北了嗎？
問兒子他們國中班上可有「班對」
不想他們一副看遍紅塵的模樣
「當然有啊，哪個班沒有班對呢？」
「靠！這麼早熟？？
那大家沒有孤立他們？沒有氣氛怪怪的？」
「有什麼好怪的？
我們班那麼弱咖
被體育班灌個五十比八也不足為奇啊」
原來他們說的是「班隊」

靈感噴發

在一家咖啡屋寫稿
老闆娘很開心的說
「你這個字好好玩！！！
好像蚯蚓喔」
我說
「炒米粉啦」
「燒電線」
「孑孓」
「蝌蚪」
我因為從大學畢業後
就沒人再說過我的字體醜了
所以很不好意思的一直笑
最後她說
「真好玩
好像小學生寫的喔
跟你這威武的外型真不像啊」
就走了
我想
妳這老闆娘
對別人寫的字

像那些歪七扭八之物的類比
還真是靈感噴發

榴槤

「快來吃這個好吃的榴槤啊」
「誰來陪爸爸吃這個好吃的榴槤啊」
今天
在wellcome超市
要買碎雞肉回去煮給小狗拌狗豆
一旁兩個泰國女孩
嘰嘰咕咕在說現在的榴槤多好吃啊
我聽得好饞
但裝出很淡漠的樣子
等他們走了
我立刻去抱了一隻大榴槤
開開心心的提回家
那就很像小丸子的爺爺提一隻帝王蟹回家
小人家全室生輝的華麗加菜啊
我會在他們歡呼中淡淡地說
「頗貴的喔」
沒想到
拿回家
母子都慘叫
「買什麼臭榴槤啊？誰敢吃啊？」

「喂！這可是水果之王
你爸爸我當年待香港一陣子
就在一個傳統市場買顆榴槤
帶回宿舍
雖然第二天就被鄰居警告
但我從此就愛上了這水果」
我剖開那尊貴的榴槤
「臭死了！！臭死了！！
爸鼻你不要做這種虐待大家的事好嗎？」
幹，連三隻小狗都露出害怕的表情
哼，不識貨的呆兒們
我只好自己豪邁的裝一大碗
在客廳吃著那昂貴的聖品
但，不知是被嫌，影響到心情
還是一個人吃一顆榴槤，是有點多啊
一開始香甜得不得了
吃到後來怎麼我自己都覺得滿嘴屁味
我只好哀求他們
「好心的誰來陪爸爸吃這個好吃的榴槤啊」

麝香貓

走路經過一家咖啡屋
門口掛著牌子
「全世界最高貴的咖啡——麝香貓咖啡」
於是兩呆兒和他們母親討論起來
「這很厲害
你看就像派小豬去嗅松露的所在
這麝香貓去吃的咖啡豆
一定是那整片咖啡園最好的豆子」
大兒子說他們在學校看過
那些人如何洗麝香貓的大便
我說
「他媽大便洗了不還是大便嗎？」
然後我又被他們訓斥了
「爸鼻您有沒有常識啊
他就是洗掉大便
那咖啡豆是不會完全被消化的
但有一種麝香貓腸道很特殊的酶
讓它微發酵
那咖啡豆才會那麼地香……」
「受嘎！！」

我陷入沉思
「那若是把我吃下咖啡豆然後拉出的那個
拿去沖洗
會出現什麼高級的聰明豆嗎？
或是舍利子？」
他們都被這噁爛的想像給激怒了
「你太噁心了」
但這種大家都被我激怒的時候
只有小兒子會冒出一句激怒我的話
「你……你……你這個冒充麝香貓的『痔瘡豬』」

端牡雷星球

蝸牛

我們父子三個在臥室耍廢
小狗們因此也全跳上床
和主人偎靠著
我說「感覺好擠啊」
一如往常
小端和小雷趴在小兒子的床
我坐在我的床這邊
小牡躲在我身後
這形成了某一個生態平衡和祥和的畫面
但小兒子這時
卻無聊（他就是有為父的無聊男子基因）
用我的冬天棉被
把牡牡頸部以下裹起來
那時牡牡很像襁褓包著的小北鼻
感覺很舒服
小兒子說「牡牡好像一隻蝸牛喔」
這句話好像給了小牡靈感
牠牠牠竟然像一隻凶狠的蝸牛
朝著隔岸床上的小端齜牙咧嘴
我們全驚嘆

「挖靠！！！！好凶的蝸牛！！！！！
小牡覺得自己是一隻殘暴的蝸牛！！！！」
但仔細想蝸牛這種動物並不強啊
果然，美少女姊姊氣翻了
跳過床來
兩三下
「啊，蝸牛殼被攻破了」
我又按老劇本把氣得全身僵硬的小端硬抱走
一邊斥責
「阿甯咕
你幹嘛沒事把牡牡裝扮成蝸牛
害牠覺得自己很凶惡
本來一片祥和的」
但我還是搞不懂
好像披了個殼的牡牡
為何我們一致認為
「很像凶狠的蝸牛？」
蝸牛不是兩個觸鬚
軟軟的
慢慢的
溫和的動物嗎？

逆襲

我感慨的對兒子們說
你們看看小端
那麼美
眼睛那麼漂亮，臉又像林志玲是瓜子臉
手長腳長
身材也好
尾巴像狐狸尾巴蓬鬆
毛又軟又細
又聰慧
又會哭哭，唧唧咕咕跟主人說話
在這個家
阿白最疼牠
媽迷也最疼牠

然後你們看看小牡
胖胖的肚子
短短的腿
像鼬獾的臉
大便像牛的大便
而且連撒嬌都不太懂

同樣主人回來
姊姊會跳進主人懷裡
像麥芽糖那樣
跟主人撒嬌
我們小牡太激動了
會一直汪汪汪吠
撞主人、亂啃主人表達愛意但有時下口太硬
噯喲！主人說小牡你怎麼真咬

我說
你們兩個設想
如果牠們是人類
小端是個人見人愛的美人胚
小牡是個技安妹
結果從小被送去別人家養
長大後回來家理
葛格的愛犬是小端
阿甯咕的愛犬是雷寶呆
這個美女姊姊卻像美少女辣妹
怎麼看這新同學怎麼不順眼
每天都要壓著牠VV牠 、恐嚇一頓
或是說，小牡是個胖媳婦
嫁到這家
婆婆是個大美人

而且對她超嚴厲超不爽
啊，那是多麼慘的境遇

兩呆兒聽到這
各自回房
一邊做出打呵欠的動作
小兒子說
「爸鼻
您又在演內心戲了」
「你是把自己投射到小牡身上吧？」
「但是」
剩下我自言自語
「小牡的逆襲是什麼呢
她覺得自己圓呼呼的超可愛
這就是小牡的愛之道啊
我睡覺的時候
小端在我左手邊趴著
我當初為了護小牡
讓她睡我右手邊
雷寶呆睡右腳邊
昨夜不知小端和小雷
兩個在鬥啥心機
一隻跳過去阿甯床上
另一隻也跳過去

兩隻像打籃球的進攻和防守
牠倆在那鬥來鬥去
小牡在這邊可爽了
扭肥屁屁、翻肚肚、啃老主人的手
整個獨享寵愛啊」
我心中想著這一大篇
關於「牡牡的愛的動力學」
想有機會跟兒子們說說
不想，第二天
他們先後訓斥我
「爸鼻
你昨天那樣描述小端
不公平
好像她很凶惡
其實小牡常假裝被咬卻像鴨子划水偷咬小端兩口」
另一個
「爸鼻
你知道為什麼小狗最近比較不和睦？
因為牠們的老主人
整天看著一些破石頭
說『喔好美真是美！！！』
不再看看那麼可愛的小狗了」
唉
孩子們長大了

黑狗

昨晚老同學約我出門
要交給我一部片子
我們約在台大對面的麥當勞門口
我先到，站在那冷空氣裡抽菸
看到一隻非常漂亮的黑狗
站在玻璃門前望著裡頭
我看著好幾個不同的年輕人在餐櫃前排隊
想那其中一個或是這隻小狗的主人
牠的脖子上拴著項圈
應不是流浪犬
但大約十分鐘過去
不斷有人拿了餐袋走出
都不是牠的主人
牠發現我在注意牠
側臉的眼神很戒懼
是好漂亮的一隻黑狗啊
後來老同學到了
他在路邊打開筆電教我怎麼開檔案（因我是電腦白癡）
我內心很感謝老同學
這夜晚真的很冷啊

後來我和老同學分手
我看那隻黑狗仍直挺挺在麥當勞的門前站著
這時我確定他是一隻走失的狗
也許他主人最後弄丟牠時
就是在這麥當勞門口
我對這樣孤獨的等候
覺得說不出的哀傷
跑去一旁便利店買了兩條熱狗
走到牠身旁丟下
牠還是很防衛我
但終於在這麼冷的空氣裡吃起來

忍

我家小端染上一惡習
每晚牠會在我床上
我睡的位置腳邊那塊撒尿
一開始我非常生氣而且迷惑
因我不知到底是小端尿的，還是小牡尿的
（因為雷寶呆是我家唯一會乖乖在尿盤尿尿的小狗）
每當我已吃了安眠藥
迷糊要睡卻被這清尿漬的繁瑣程序所苦
（把床單拿去洗，床墊用衛生紙吸，再用清潔劑沾毛巾
一遍遍擦
最後再用吹風機吹）
我大聲斥罵
發覺小端都露出羞慚的臉
小牡則一臉沒表情
但這和兩呆兒發生爭議
「一定是小端
她沒幹壞事為何會露出慚愧神情？」
最疼小端的大兒子說
「小端應該是認為妹妹尿床是她的疏忽
所以很過意不去」

不過後來被我抓到了
是小端！！！
後來還是每次尿
我整個被著夜裡清尿整矇了
後來也不跟她生氣了
我只是一邊吹吹風機
一邊叨念她
「為什麼要這樣呢？
爸鼻不是最疼妳嗎？
大家也說小端最懂事了
為什麼要每天來尿呢？」
唉但她羞愧的樣子實在太可愛了
她會不斷來舔我的臉
滿眼歉意
怕我不愛她了
我通常不理她
但等我清理完這一切
躺上床
她會蹦地跳上貼著躺我腳邊的位置
那時我會摸摸她
表示我不生氣了
但這樣周而復始
昨夜
我電腦看完Netflix的《王冠》（超好看）

開臥房門、開燈
發現床上沒有尿！！！
我轉身看到小端
我說
「好乖！！真是乖小狗！！這麼乖，沒有尿！！！」
唉這小狗整個嗚咽，撲上我懷裡
那個眼睛真是會說話
她的眼睛真像阿拉伯美女，像綠寶石
好像說
「主人
你看，我忍得多辛苦
我超想去那尿一攤
但我好努力忍住喔」
唉，這麼小的事
我超感動的，一直稱讚她，抱抱她

小黑貓

我家門上黏的隔音棉被小狗抓了一個洞
小狗是一種很深情的生物
我們才在開鎖
牠們便超激動在門內亂抓
於是我昨天跑去之前買隔音棉的店
它不是店
是一在十二樓舊大廈裡的一間貿易公司
我搭了破破爛爛的電梯到十二樓
按電鈴卻沒人在
我站門口等的時候
突然不知從那跑來一隻小黑貓
脖子繫著聖誕項圈
跑來聞我的褲管
這應該是我去外頭摸了別家的狗
回家後我的小狗會很認真聞我的褲子
我們都說這是在「檢查」
我想你這隻小黑貓
我又不是你主人
你跑來檢查我什麼？
牠聞一聞便在我腿上蹭

抬頭
目光灼灼看著我
嘴角還齜咧像在威嚇我
牠的眼睛好圓，像寶石那麼澄澈
我說「你是好美的一隻貓啊」
然後牠像是跟我說話一樣
咪嗚了一聲
那聲音不像貓叫
像有個女歌手開嗓吐出第一個音
在這灰暗、壓低、各家鐵們都關著的樓層
這隻像《魔女宅急便》的那隻小黑貓
怎麼會出現在這？
真的那時我有一種魔幻之感
好像牠會突然跟我說人類的語言
「帶我回去吧？
我是被施了魔法的一個美女喔」
但後來我按電梯下去時
牠沒跟著我
就趴在一戶人家門前腳踏車下
真怪的一隻貓

思慕

我家的小端
是隻癡心的小狗
每次孩子們的母親
帶兩個小主人去旅行
家裡只剩我一人
那兩三天
小端會陷入歇斯底里
一直嗚咽，不吃不睡
弄得整個屋子很浮躁
我覺得她整天跑來問我
「葛格呢？小葛格呢？馬麻呢？
他們怎麼沒回來？」
這次小兒子一個去畢業旅行三天
我們發現小端並沒有那麼焦躁
大兒子說
「但是你們看
小雷很憂鬱啊
他很思念阿甯咕啊」
「啊！真的
只是臉太黑了

表情又太傻了

我們忽略了他的憂鬱」

真的

原來這幾天

這隻內向文靜的傻黑狗

一直在默默想念他的小主人

只是他不像小端那麼會表達啊

今晚小兒子回來

三隻小狗都開心亂跳

但等他把所有小狗都安撫過一遍

我看到他抱著雷寶呆

行李丟在一旁

那隻大黑狗如泣如訴的舔著這浪子的臉

非常久非常久

連我都覺得這真是動人一幕

而不忍打斷他們

寵愛

我們有時非常苦惱
即小端對妹妹小牡的愛霸凌

這很難以描述
很像高校最美的那個美少女
把班上一個小胖妹轉學生視為眼中釘
我們全家明明最疼小端
除了小心眼 總愛去教訓妹妹
她真是隻百分百的小狗
忠心，聰明
每每回家，她那激動，如泣如訴，像哼小調
咕嘰咕嘰對主人說著情話
還有她從小至今
我讓牠們上床睡我身邊
她不知是基因裡的設定嗎
就是選個我腳邊的位置
頭一定朝著門外
似乎遠古她的祖先
在人類仍住洞穴或帳棚
她就是內在要扮演守護、警戒的角色

我猜就算是我父親在世
他那樣老傳統的人
一定也會超喜歡小端
我父親曾讚美某隻狗
「狗德俱備」
我有時會把小端抱在懷裡
看著那美麗的臉 像中東美人琥珀色的眼睛
跟她說人類的話
「妳那麼漂亮，然後大家最疼妳，最愛妳
妳為什麼要跟妹妹過不去呢？」
這有時甚至影響了我內心的公平法則
我們都不敢在小端面前疼小牡
都是在她沒看到時偷疼小牡一陣
因為只要一疼小牡
小端的臉立刻入戲後宮甄嬛傳之臉
走過來壓制小牡
發出低吼威嚇
而小牡也不是好惹的
有時就真的開咬
這事在內心困苦著我

最偏愛的——愛總要求獨一無二
與公平，感受小牡的感受
為何在這小小公寓裡
我就無法找到一均衡公式？

每天都是重新的張力？
無法說情、規訓？
我很想對牠倆說
「當時我走進收容所
你們是偎靠在一起，害怕的小狗兒
那一籠籠其他的狗兒
我看都不敢看一眼
每籠裡每隻都在喊
『帶我走、帶我走』
你們都進入我們的愛的時光了
為什麼要傷害彼此呢」

昨天從文學營回來
孩子們跟我說
我不在家三天
小牡都是睡我書桌下
不敢上床睡牠的老位置
確實我回來後
小牡特開心
但咱們小端那像女兒般的泣訴、淚眼汪汪
我蹲坐地上
把牠們分隔書桌角兩側
兩手分開疼著
但突然發現兩隻小黃狗

濕鼻子和黑嘴巴偶爾穿過我身體的縫隙
舔對方兩下
好像對我不在這件事的恐懼
超過小狗本能占地盤的天性
小端舔兩下妹妹
不時看著我
像在說
「爸鼻你看我是不是有乖？」
那時
我突然覺得
愛這件事
其實是有存入帳戶
不知多久後可能可以提領的東西
是有意義
不見得會被辜負的

小狗盟

我們有時會把家裡小狗冠上駱家的姓
「駱小端 不要欺負妹妹！！！」
「駱阿雷　不要那麼傻」
「駱牡牡 不要再亂叼亂七八糟東西到我書房築巢」
有時孩子們沒人理我
我會跟狗兒訓話
「做一隻駱家的狗
要心胸寬大
不要愛記恨
老想去找妹妹麻煩」
最近英國脫離歐洲
我告訴兩呆兒要多注意這事的報導分析
連做爸爸的我都搞不清這事的全貌
可能我們已進入一個新的世界秩序而不自覺
孩子們可能沒我們大人對這事的巨大變動之害怕
「重要是難民問題移民問題」
也許小孩子以為這事就像月球要脫離地球一樣
和我們無關
英國人開心就好
昨天小端和牡牡在頂樓又狂咬了一場架

我怎麼用力將牠們扯開

牠們還是撲回去咬住對方

後來我脫力了

坐在一旁無法阻止牠們互咬

用水管沖水也沒用

後來終於分開了

我帶他們下樓進屋

兩呆兒驚呼

幫小狗擦身上的水、血

兩隻狗的前腳都跛了

小牡的一隻眼像拳擊手被揍腫起來

各自身上都是傷

我非常生氣

把小端關廁所禁閉

牡牡關後陽台

小兒子說

「雷雷最和平」

這倒是真的

晚上睡覺時

小狗通常會跑來占位

小端睡我左腳邊床上

雷雷睡右邊床上

牡牡睡我右邊頭旁

但今晚小端一直不上床

趴在房門口好像生悶氣
我說
「妳還敢生氣，和妹妹打架
老主人拉都拉不開」
小兒子在他床上說風涼話
「小端應該是想像英國脫歐
牠覺得牡牡是新移民
牠很不爽
牠覺得我們沒處理好難民問題
牠不想姓駱了
牠要脫離駱姓
以後就叫小端
不能叫駱小端了」
「媽的哪有這種事？
放屁
我拿一根玩具骨頭
牠立刻就重新加回歐盟，喔不，駱家小狗盟」

後代

我們在陽明山的時候
養過一隻狗，小花
我好像之前講過牠的故事
牠是個浪子
常跑出去一個禮拜才髒兮兮回來
年輕的我第一次
感受到那種等待的焦慮
我常想如果能在牠頭上
裝一台像後來這世界發明的
行車記錄器那種東西
可以看看這傢伙到底出去鬼混
都看到些什麼風景？
有一次我帶牠和另一隻小狗在山路走著
一隻像孔雀那麼大的鳥斜飛從我們面前降落
小花衝進那鳥飛進的樹叢
不理我喝斥
一陣雞飛狗跳
然後牠銜著那隻眼睛打一個叉
的戰利品出來
我踹了牠一腳

「那麼美的大鳥，你把人家咬死了！！！！」
後來我們搬到深坑
大兒子約一歲多時
小花就死了
說來也是死於牠的自由、愛七投
下大雨還跑出去混
感冒而導致心肺衰竭
牠死了我非常傷心
牠是我養過諸多小狗
性格和我最像的
廢材，無厘頭，長得大叔臉，熱愛自由
後來妻在文大教書
說他們學校有一隻校狗
也叫小花
和我們當年那隻小花
長得一模一樣啊
寄來照片
真的就是小花再世！！！！
一模一樣
應該是我們小花的後代
孫子的孫子吧
當年我們住在紗帽山
離文大還頗一段距離
想是二十多年前的浪子小花

跑大老遠路，跑去風流
亂留種
據說陽明山後山一帶
許多野狗長得都是小花的模樣
說來我的小花
應該稱「小花公」吧？

哥哥呢

我家三隻小狗
從收養以來
大兒子最寵小端
小兒子最疼雷寶呆
牡牡後來回來後
被歸為我的嗯，小兒子說「好同伴」
母后當然是三隻全效忠
大兒子班上出去畢旅
不在家的幾天
小端簡直思念成狂
每天跑到我書房
唧唧咕咕像對我一直追問
「哥哥呢？哥哥到哪去了？」
晚上我好不容易率領三犬躺好
小端一直浮躁，亂跑
鑽到床底下亂扒
每天在我床上尿一泡
我一邊清理一邊罵
「他媽的小端妳的大主人是出去玩
又不是老子我藏的

妳懲罰我幹嘛？」
這小丫頭整天憂鬱，不吃不喝
心情不好就把傻弟弟傻妹妹咬一頓
做母親的寫簡訊給兒子
「你再不回來
你們家小端要把弟弟妹妹咬爆了」
總算大兒子回來了
喔那一開門進來
那小狗的如泣如訴，嗚咽亂啃亂舔
做母親的在樓下停車
沒直擊第一時間的場面
上樓問「小端怎麼樣？」
我說「能怎麼樣？
瓊瑤電影唄」
唉，每個男孩都有一條只屬於他的小狗

黑澤明

我家的雷寶呆是一隻非常和善的狗
每有朋友來家
小端小牡都充滿宅女的神經質
會吠來客
只有雷寶呆傻呼呼的
大個頭晃去和客人示好
小兒子最疼這隻憨犬
說牠「品格高潔 和平大使」
因為家裡累積角落頗髒
我們拜託一位清潔阿姨來幫忙清掃廚房和後面
去年這阿姨就有來
她也養狗
對小狗很有一套
帶了狗零食來交關
雷雷對她超和善
小端小牡則自以為特工
在不同桌面下鑽來鑽去
V V 那阿姨
因此阿姨對雷寶呆印象最好
今年阿姨來

其實牠們都認了她
都搖尾巴歡迎
但阿姨就是對傻呼呼的大個兒黑狗雷寶呆
印象特別好
她對雷雷說
「喔～你是黑澤明啊」
這給一旁的阿甯咕和我
很大的衝擊
這這麼呆的雷雷
竟可以被叫做黑澤明
多霸氣
但阿姨似乎是以小狗的顏色為姓氏的那種人？
譬如一隻花狗經過
她會叫牠花千骨吧？
一隻白狗經過
她會叫牠白歆惠吧？
我問小兒子
「那小黃狗小端要叫黃什麼呢？」
小兒子想了很久
「黃……黃……黃……黃色小鴨？」
我怒斥「你想死啊？你哥（最疼小端）會發飆喔」
他說「好啦好啦
那黃秋生啊？」
「怪怪的？」

「那黃飛鴻？小端是黃飛鴻氣勢就不輸雷寶呆是黑澤明

啊」

「這個不錯，那牡牡呢？」

「啊黑嘴黃很難啊

啊，那就叫『黃黑鴻』吧？」

「他是誰？」

「黃飛鴻去曬日光浴，曬得半黑不黃

就叫黃黑鴻吧」

挖洞

我家小端最近挖了一洞
可以鑽進小兒子的床下
有天小兒子跑來對我說
「爸鼻
有個會動的生物在我床底下
雷雷一直吠」
我說
「媽的，那是老鼠啊
快滅了牠」
還好沒有
鑽出來是滿頭灰塵絮的小端
這幾天牠迷上了當穴鼠
鑽進床底下探險
弄得我們睡覺時
還聽像是地板下有窸窣的騷動聲
也不知牠在那黑暗中的探險
得到什麼樂趣
牠挖出一顆接一顆
以前小兒子買給牠們玩得橡皮球、破熊、玩具骨頭
舊拖鞋、發出尖叫的塑膠雞

都很髒
每挖出來，三隻狗就一陣混亂互吠、爭搶
我「唉，這不是以前你們不要的破玩具嗎？」
小兒子說
「這就是五十年阿婆肉丸店的魅力吧
塵封一下，就覺得特別香啊」
我有時愛睏被小端挖床底
吵得不耐煩
喝斥牠
而幾個小時前已睡著的小兒子
會迷迷糊糊對我說
「爸鼻，讓牠挖吧～
說不定牠挖到金礦
我們都不用努力了啊～」

羅胖說

已經一個禮拜了
我的床
每天都被某一隻小狗尿一小攤
因為不可能是雷寶呆
牠會抬腿尿在尿盤
於是嫌疑犯就剩小端和小牡
我非常生氣
因為清理起來非常麻煩
於是都是用咆哮的方式
但實在猜不出凶手是誰
今天覺得是小端
第二天又覺得是小牡
怎麼說呢？
小牡一臉長得就是
「就是我尿的，就是我尿的」的表情
小端則是在我咆哮時
跑來舔我的臉撒嬌
翻肚肚、搖尾巴、超殷勤
「是她，爸鼻，是她尿的」
但因之反而很可疑

很像後宮甄嬛傳吧？
我咆哮了七天
始終抓不到真凶
也完全不理解小狗的內心
為什麼要跟主人犟呢
主人已經發那麼大脾氣了
牠或牠第二天還是硬要再尿一下？
小兒子說
「如果是小牡
那表示牠心理不平衡
也許第一泡是姊姊尿的，但你罵了牠
從此牠覺得不如自己來尿一下吧？」
「如果是小端
有可能牠覺得你發飆的樣子好好玩
所以每天又想試一下？」
「牠們都可能誣賴對方啊
小狗的心機很深啊」
「他媽的你分析了跟沒分析一樣
到底是哪一隻尿的啦？」
沒想到小兒子突然對我說
「羅胖說：『成大事者不糾結』
將來有奈米機器人，這尿一下就分解清除了
你還整天糾結是哪一隻小狗尿的」
他說的我啞口無言

羅胖是誰？

他從哪去認識這麼霸氣的朋友？

道別

每天早晨
我還在安眠藥的控制下
迷迷糊糊聽見小兒子起床換好學校制服
跟他的摯愛雷雷道別
「喔，這麼帥的狗，忠犬啊，要等小主人放學回來喔」
然後他就乒乒乓乓出門了
隔一會
換大兒子
我聽他跟他的愛犬小端犬繾綣依依道別
「喔，漂亮小端啊，最聰明啊，乖乖在家喔」
小端也像會說話
嘰嘰咕咕跟阿白說一些哀怨的小調
然後大兒子也出門了
赫
他們竟沒人來和父親道早安
或說要出門了
我也怕小牡受到創傷
只好藥效還沒退
還迷迷糊糊
摟摟睡我身旁的小牡

拍

（奇怪牠也沒跳下床，去送小主人們出門？）

「喔，這麼胖

跟老主人身材好像喔

那我們倆來繼續睡吧」

捍衛任務

我不敢相信有這樣的劇情！！
有一個男人
老婆剛過世
留了一隻小狗給他
（是一隻可愛的小米格魯）
但他開車帶小狗出去兜風
在加油站時
車被一個超級黑幫老大的兒子及僂儸們看上
他們闖進他家，把他打得半死，搶走他的車
重要是竟殺了那隻可愛小狗
超級黑幫老大知道之後
扁了他兒子一頓
告訴他，他們惹到的人
是退隱江湖多年，最頂級的殺手
綽號殺神
（看到這裡，大兒子小兒子先後離開客廳沙發
但我還是很投入）
總之
這殺神就殺入超級老大的各處分舵
追殺那殺狗仇人——老大之子

老大這邊呢
也派出了各路頂級殺手追殺殺神
總之
之後的一個小時
就是各種答答答答，槍枝射殺
還有肉搏格鬥的動作片段
當然就是這殺神殺了無數
要包圍他的老大手下們
最後他終於殺了老大的兒子
老大要坐直升機逃跑
（原本他要放過老大的，但老大竟殺了他的老朋友）
於是他又飆車追擊到直升機要飛走的碼頭（嗎？）
又把老大身邊強大的保鑣們殺光
然後和老大徒手對決
終於也殺了老大
但他也受了重傷
開車回程撞在路邊
昏迷後，他手機裡，從前錄影的亡妻講話的聲音
突然播放
「沒事了，回家吧」
他甦醒，蹣跚爬進路旁一家夜間無人的動物醫院
用他們的雙氧水消毒傷口
然後一籠一籠關著各式的狗狗
他打開其中一籠的柵門

裡頭是一隻拳師狗
他牽著這隻（之前完全不認識的，和那隻死去的米格魯也長得完全不像的）拳師狗
一人一狗走上回家的歸途
我看完後
跟兒子們大喊
「我不敢相信有這種情節！！！！」

拯救地球

家裡出現一隻超巨大的蒼蠅
不知怎麼進來的
非常大
我們不同時間在屋子不同處看見
小兒子說
「爸鼻，有一隻超肥的蒼蠅
可能是蒼蠅界中的你」
後來牠飛進我書房
停在我亂七八糟的書堆上
我拍下兩次
牠卻又舒舒坦坦的飛走
可能那些書亂堆，都是空隙
不著力
我衝出客廳下令我家的昆蟲獵手
「阿甯咕，出動
你是我的虎賁軍
滅了那隻蒼蠅阿祖！！」
沒想到昔日在屋中
抓喇牙、抓壁虎、殺蟑螂、滅蚊子
都身手矯健的小兒子

頹廢的躺在沙發上
懶洋洋說
「爸鼻
你以為我沒攻擊牠嗎？
我用橡皮筋射中牠三四次了
牠好像阿帕契直升機有鋼甲
一點都不痛又飛走了」
這隻巨大蒼蠅在我家囂張飛來飛去
一時弄得雞飛狗跳
小端小雷都抬頭張望
牠嗡嗡嗡的行蹤
但又拿牠沒轍
「爸鼻
會不會牠其實不是真的蒼蠅
是外星人的微型監測器」
「媽的，我們家值得外星人來觀測嗎？」
「它們要觀測地球人值不值得留著
還是要滅掉？
嗚，它們拍到大猩猩（他指我）挖鼻屎放屁
人類不值啊～～」
這時
不可思議的事發生了
我家腿胖胖短短的牡牡
趴在我書房門口睡覺

那隻巨蠅

恰恰飛到牠鼻頭上

牠毫不費力，像打個呵欠那樣

就把那巨蠅蛤蟆吞了

我們全靜止，驚異地看著牠

小兒子說

「牡牡

你拯救了地球！！！

我們錯怪你了

一直說你是小河馬

原來你是會匿蹤裝岩石然後獵食獵物的

巨鬣蜥！！！」

（沒有比較好吧？）

INK PUBLISHING 文學叢書 575

計程車司機

作者	駱以軍
總編輯	初安民
責任編輯	陳健瑜
美術編輯	陳淑美
繪圖	薛慧瑩　黃䄂憲
校對	吳美滿　陳健瑜

發行人	張書銘
出版	INK 印刻文學生活雜誌出版股份有限公司 新北市中和區建一路249號8樓 電話：02-22281626 傳真：02-22281598 e-mail:ink.book@msa.hinet.net
網址	舒讀網 http://www.sudu.cc

法律顧問	巨鼎博達法律事務所 施竣中律師
總代理	成陽出版股份有限公司 電話：03-3589000（代表號） 傳真：03-3556521
郵政劃撥	19785090 印刻文學生活雜誌出版股份有限公司
印刷	海王印刷事業股份有限公司

港澳總經銷	泛華發行代理有限公司
地址	香港新界將軍澳工業邨駿昌街7號2樓
電話	852-2798-2220
傳真	852-2796-5471
網址	www.gccd.com.hk

出版日期	2018年 10月　初版 2019年 12月 25日 初版四刷
ISBN	978-986-387-257-3
定價	360元

國家圖書館出版品預行編目(CIP)資料

計程車司機／駱以軍作．--初版．
--新北市中和區：INK印刻文學，2018. 10
面； 14.8 × 21公分. --（文學叢書；575）
ISBN 978-986-387-257-3 (平裝)

855　107015157